貓邏——著　Welkin——繪

天選者

5

組團打怪，
怎麼總是配到你？！

人物介紹

姓名◉奧德里

性別◉男

年紀◉外型看起來約莫二十七、八歲。年輕，但是又有著精英人士的成熟感

部落◉賽博格部落

性格◉理性、冷靜、擅長學習和分析，學者型性格

外型◉容貌無疑是極為出色的，煙灰色長髮、鐵灰色眼瞳，五官立體分明，寬肩、窄腰、大長腿，不管從哪個角度看都是無死角、無缺點，美好得像是一幅畫。漂亮得不像真人，像是精雕細琢的白瓷人偶，清冷、疏離且沒有人氣。

目次

第一章

新墟境的新設置

「噗通！」

「噗通！」

「噗通……」

一件又一件的物品丟下交換泉，光芒一次又一次地閃現，一個個五顏六色、光彩奪目的豪華禮包飛了出來。

「哇哈哈哈哈！我拿到掠奪者胸甲！鉑金級的！有魔法抗性和防禦加持！就算跟巨魔對上也不怕啦哈哈哈哈……」

「嘩！恭喜恭喜！好東西啊！」

「鉑金級裝備現在最低也要一千萬星幣起跳了吧？」

「不止，他這個還有附魔，要是附魔的品質好，價格更高！」

「啊啊啊啊！」另一人爆出激動的狂吼。

「嚇我一跳，有必要叫成這樣嗎？」

「肯定是拿到好東西了！」

「能比鉑金級還好？」

「我、我拿到光耀之槌！是光耀之槌啊！」那人仰天大笑，狀似瘋癲，「大師級鍛造師製作！附加爆擊屬性！還有機會觸發附魔陣法，雷電攻擊！」

「嘩！竟然是大師製作！」

「快看看是什麼等級！」

「你傻啊！武器上面都有寶光出現了！肯定是鑽石級啊！」

「那光芒就是傳說中鑽石級裝備才會有的寶光？」

「原來那就是寶光啊？我還以為是附魔的魔法光。」

「附魔的魔法光哪有這麼亮啊？都快被閃瞎了！」

「我聽說寶光是白色或金色，它這個是藍紫色……」

「屬性不同，寶光顏色也不一樣。」

「臥槽！好想搶劫！」

「找死啊！團隊成員禁止搶劫！教頭說的話你都忘了啊？」

「我、我就只是說說……」說話者心虛地看了一眼巴基和奥德里兩位教頭。

巴基：「……」老子能說老子也想搶嗎？

「晏笙的運氣還真是沒話說。」奥德里微笑著說道。

賽博格人的情緒相當平淡，但是聽到禮包內的物品後，奥德里也免不了有幾分心動，更何況是其他人？

奥德里和巴基注意到周圍開始有人群聚集，除了維持貿易點秩序的執法隊隊員之外，街邊的商舖也有人朝這裡走來。

奧德里跟巴基互看一眼，暗暗提起戒備，卻也沒有開口提醒崽子們。

這對崽子們也是一個經歷和考驗，讓他們知道，就算是處於相對安全的貿易點內，依舊不能放鬆戒備。

「我的是暴風戰靴，黃金級，加速度屬性！還可以觸發瞬移技能，不過有使用次數限制……還有三瓶變身藥劑，可以任意變成想像的生靈。」

「變身藥劑這個好！潛伏的時候好用！」

「我的是陽麟指環，加精神力跟提高修煉速度的，另外還有一雙角獸毛做的手套，抗寒抗凍的……」

「哈哈哈哈我的也是鑽石級！有寶光！」

「臥槽！竟然還有可以抵禦燦星級攻擊的護身符？」

「這個是傳說中的飛行器！可以放大縮小的！」

「我的是具有治療作用的聖光項鍊！可以治療三次！三條命啊！哈哈哈哈……晏笙我愛你！」

「幸運星我愛你！」

被眾人包圍著、擁抱著、歡呼著的晏笙雙頰通紅，既高興又有些害羞，不太適應大家這麼熱情的態度。

「繼續繼續！還有誰還沒開的？」

「我！」

「我！」

好幾個人都舉起手，並且不約而同地打開了禮包。

「我拿到瑟銀精鍊腰帶，可以強化速度和防禦，這個是套裝中的一件，要是集齊整套，整體戰鬥力都會提高！」

「我拿到衛士勳章跟兩瓶藥劑，藥劑叫做感悟藥劑。教頭，感悟藥劑是什麼？」

其他成員也安靜下來，聆聽教頭的解說。

「感悟藥劑適合在修煉瓶頸中使用。」奧德里說道：「它可以引導你察覺到自身缺點或是不足的地方，從而有所領悟。」

「這藥劑這麼好？那為什麼它的等級只有黃金級？」

「因為感悟藥劑有一個缺點，它的藥效是隨機的，你不知道你會感悟到什麼，也許你想感悟的是攻擊類戰技，結果喝下藥劑後，你感悟到的是防禦類或是速度類戰技，也有可能是感悟到體能鍛鍊、日常生活或是對於某件事情的想法……」

巴基跟著笑道：「我就舉個例子吧！我的一個朋友，他在射箭的技術上卡了瓶頸，他希望藉由感悟藥劑突破，結果他喝下感悟藥劑後，頓悟的是對於烤肉的想法！哈哈哈哈……」

每次想起這件事時，巴基就笑得肚子疼。

「他原本烤肉烤得很難吃，像焦碳一樣，頓悟後，烤肉的手藝突飛猛進，很多人都叫他去開一間烤肉店哈哈哈哈……」

巴基笑得眼淚都掉出來了。

「他花、花了好幾百萬，結果就感悟到烤肉哈哈哈哈哈……」

「這也太坑了……」

獲得藥劑的人露出哭笑不得的表情，還好他還拿到一件裝備，不然真是……唔，其實也不算虧，將藥劑賣出去，能賺不少星幣呢！

很快地，眾人都開完了自己的禮包，個個面露喜色。

他們拿到的禮包等級有高有低，但是大多數拿到手的物品都是適合他們使用的，要不就是家人合適的，而且價值都相當高，比起他們投入水中的那些東西相比，完全就是賺大了！

「教頭，你們的禮包還沒開。」阿奇納開口嚷道。

他對於兩位教頭的禮包好奇很久了，那禮包的包裝相當華麗、漂亮，還發散著淺淺的光芒，看起來就很高級的樣子。

「行！老子就開給你們看！」巴基挺著胸膛笑道。

他也猜出這個禮包裡面是高級品，對內容物相當期待。

禮包開啟後，裡面只有一個巴掌大的水晶瓶，巴基將它拿起仔細端詳，瓶子裡頭裝了一顆火焰，這看似火焰的東西像心臟一樣跳動著。

碰觸到水晶瓶時，巴基腦中也自動出現物品的介紹。

「這、這是燦星級星獸的心臟核心！」巴基喜出望外地說道。

星獸的心臟核心是伴生武器相當好的滋補品，巴基的伴生武器因為經歷過太多戰鬥，毀損過重，已經瀕臨崩毀的階段，要是再找不到合適的滋補品修復，他的伴生武器就會「死去」。

只是能夠醫治伴生武器傷勢的東西實在不多，而且滋養物必須跟伴生武器同等級，這樣才會有修復作用。

巴基現在的等級是鑽石級，但他曾經是燦星級的強者，是因為伴生武器受損的關係才降級的。

所以修復伴生武器的滋養物，也必須達到燦星級才會有幫助。能夠達到這兩種條件的星獸，著實稀少，而且就算找到了，也不是他能夠應付的。

巴基原本已經不抱任何希望，在族裡的任務也已經退到後方，變成崽子們的教頭，不用在前線拚殺。

但現在他獲得了這枚心臟核心，他又重新燃起了希望！

「晏笙，謝謝、謝謝你！」巴基激動得將晏笙抱起來轉了一圈，並將他往上丟了幾次，跟他玩起飛高高遊戲。

「我的霸刀有救了哈哈哈哈哈……」

霸刀是巴基的伴生武器的名字。

等阿奇納將暈呼呼的晏笙從巴基手上救出時，巴基召喚出刀身有著各種裂痕的戰刀，把心臟核心小心翼翼地貼到戰刀上面。

那心臟核心一碰觸到戰刀，就像是化成了液體，迅速在刀身上蔓延開來，將戰刀全部包裹。

「老夥伴，好好睡一覺，睡醒後你就好了。」

巴基目光柔和地摸著戰刀，將戰刀再度送回空間蘊養。

「恭喜。」奧德里微笑著說道。

「謝謝。你拿到什麼？」巴基問道。

「我拿到戰技感悟體驗，可以使用一次，是王級！」

說出後面兩個字時，奧德里向來平靜的神情顯得格外激動。

「王級的戰技傳承？真的？」巴基訝異地看著他。

「是的。」

「教頭，王級是什麼？」

「有王級這個等級嗎？」

「沒聽說過啊……」

崽子們從小到大聽到的等級就是青銅級、黑鐵級、白銀級、黃金級、鉑金級、鑽石級和燦星級，從來沒聽說過還有王級的。

「你們都以為燦星級是最強的強者，對吧？」奧德里微笑著詢問。

「對！」

眾崽子篤定地點頭。

「在我們所在的星系，燦星級確實可以稱為強者，但是放大到整個宇宙以及其他位面文明，燦星級只是強者的起步。」

得的情緒感知。

身為賽博格人，雖然奧德里並不認為情緒淡漠有什麼不好，但是他對生靈的情感變化也是有些好奇，而戰技傳承正好可以為他的疑問解答。

只是現在這種場合不適合他使用戰技傳承，他便將禮包收入空間，等到日後再來體驗。

眾人對於開禮包的結果相當滿意，本來還想再讓晏笙繼續丟東西的，只是他們也察覺到周圍聚滿了人，那些人全都盯著他們瞧，實在不適合再繼續待下去。

他們互使了一記眼神，將晏笙包圍在中間保護，一群人故作若無其事地往外走。

那群人也跟著他們移動了幾步，現場的氣氛頓時凝重起來。

「想搶劫？」巴基挑著眉毛，語氣挑釁地質問。

「誤會、誤會，我是來恭喜你們的。恭喜啊！你們的運氣可真好！」衣著光鮮亮麗的中年人笑盈盈地說道，舒緩了這份怪異的氣氛。

「謝謝。」巴基不冷不熱地點頭。

「幾位聽說過名通飯店嗎？」中年人又道：「我們的總店在永望島，這裡也設置了分店，竭誠邀請各位到飯店入住，所有費用全免！」

「各位，我們是萬宇商盟旗下的商店，要是你們有需要的裝備和商品，或是有什麼想出手販賣的東西，歡迎來我們的商店進行交易，本商店童叟無欺，絕對值得各位信賴！」

「我們是時光商行，專營藥劑和附魔方面的生意，各位要是在這裡採集到藥草和魔法材料，也歡迎賣給我們，價格絕對公道……」

「各位是這個貿易點的第一批客人，來我們百香餐廳吃飯，全部免費！並且贈送各位一年的貴賓會員資格！」

「我是天工鍛造行，我們天工鍛造的裝備和武器絕對品質可靠！各位可以來看看。另外，各位要是有鍛造材料要販賣，我們也有收購！」

各間商店的主事者說了一堆，目的無非就兩種：一是邀請他們去他們店裡逛逛，讓他們也沾沾好運氣；二是當他們在這裡獲得獵物、材料和資源，若想販賣的話，希望可以賣給他們。

畢竟他們是第一批進入這個新墟境的人，運氣又那麼好，獲得各種珍稀材料的機率更高，而這些商店之所以設立在這裡，除了販賣自家商品之外，另一個主要目的就是收購墟境裡頭的各種材料，拿到外面高價轉賣。

他們這些商店在進入墟境之前，都跟永望島簽訂過協議，他們不能夠自己跑去採集墟境裡頭的東西，只能夠從冒險者手上收購，免得墟境的資源被這些商人搜括一空，讓冒險者一無所獲。

巴基婉拒了那些人的邀請，帶領團隊入住永望島的官方旅館。

永望島的官方旅館就叫做「永望旅館」，裡面的裝潢相當簡樸，無論是硬體還是軟體設備都比不上那些民營的飯店，但是永望島的官方旅館安全啊！

沒有人敢在永望島的官方產業鬧事，他們也不用擔心半夜會有人溜進來行竊，或是被店家下黑手。

旅館內的員工穿著統一的永望島制服，每個人的臉上都帶著親切又自然的微笑，服務態度也很好，對於團員們嘰嘰喳喳的提問有問必答，而一切不好回答的也會委婉地避開。

巴基訂的房間是大通舖，一個寬敞的空間內擺著二十五張床，床是雙層的單人床，看起來像是有兩個床鋪，但上面那個是讓人擺放行李或是其他雜物的，床底下也有放置物品的空間。

巴基訂了兩間大通舖，他和奧德里各看護一間。

雖然說官方經營的旅館安全性高，可是這也是相對來說，誰知道這裡的店員會不會因為他們從交換泉那裡得到那麼多好處而眼紅呢？

利益動人心，防人之心不可無啊！

旅館的費用都是當日結清，而且是要提前收費的。

櫃台人員說出價格後，又道：「因為各位與永恆貴賓同行，入住費用和餐點費用全免，請永恆貴賓來這裡進行登記……」

「全免？妳怎麼知道我們這裡有永恆貴賓？」巴基眉頭一挑，似笑非笑地問。

「能夠提前進入這個新墟境的人，只有永恆貴賓及其相關的成員。」櫃台人員說出墟境的潛規則。

原來，新墟境開通後，前十天只有永恆貴賓及其附屬的人才能看見，十天過後，則是次一等的紫色貴賓及其附屬的人能看見，再過十天是藍色貴賓及其附屬的人能看見，接著是綠色貴賓，再來才是普通冒險者進入的時間。

巴基他們是第一批進入的，自然是永恆貴賓及其附屬的人了。

「還有這樣的好處？」巴基摸著下巴，「永恆貴賓還有沒有其他特權？像是知道墟境裡頭各個貿易點的位置？或是可以拿到怪物分布圖、資源分布圖？」

「要是貴賓提出要求，我們可以提供墟境內的永望島官方機構位置圖，例如貿易點、服務中心、旅館、商店……但是怪物和資源只能自行找尋。」

「真好，那就請給我們五十份機構位置吧！」巴基獅子大開口地討要著。

「拿位置圖之前，需要請永恆貴賓進行身分認證喔！」櫃台人員面色如常地微笑著，顯然對這樣的場面已經身經百戰。

「幸運星，過來吧！」

晏笙在巴基的呼喊聲中，走到櫃台，露出身分手環。

櫃台人員拿出一個筆形的掃描裝置，對著晏笙的手環一掃，「嗶」的一聲，身分驗證就完成了。

「這是您要的位置圖。」

櫃台人員拿出一疊撲克牌大小的晶片，並現場教授晶片的使用方法。

「要是覺得我的服務還不錯，請給我好評喔！」櫃台人員朝晏笙眨眨眼睛，點開光幕，顯露出評分用的表格。

晏笙從善如流地給了滿分的五星好評，樂得櫃台人員眉眼彎彎。

有了永恆貴賓的五星好評，她的績效評分肯定是滿分，還能拿到豐富的獎勵！

其他觀望的員工見到晏笙這麼好說話，也紛紛殷勤地上前服務，希望可以從晏笙手上拿到同樣的好評。

為此，他們甚至主動向晏笙和團隊透露了「小情報」，像是這貿易點的商店商品成色，該怎麼買才是性價比最高的；或是其他貿易點有些什麼特產，該在哪裡買到；以及城外的怪獸和資源分布情況等等……

他們雖然沒有相關地圖，可是員工們進來這裡工作，肯定會在周圍繞一繞、了解環境，所以這周圍的情況他們還是知曉的。

收穫了諸多情報和八卦，團員們相當滿意，晏笙也給旅館職員全都打上五星滿分的評價，雙方都笑開了花。

目的達到，員工們也不再干擾他們休息，殷勤遞送上成套的洗浴用品、飲料和水果、點心後就離開了。

「你們好好休息，明天早上八點集合，帶你們在周圍活動。」

分配好房間，奧德里對團員們說道。

「是！」

團員們開開心心地回應。

待兩位教頭一走，崽子們歡呼一聲，開始自由活動。

有人開心地滾上床鋪，想要舒舒服服地睡上一覺；有人拿出零嘴開吃；有人從包包拿出剛獲得的新裝備、新物品研究；有人成群結伴地想要參觀旅館和周圍商店……

晏笙拿出乾淨衣服，拉著阿奇納前往公共浴室沖洗。

這一路上他們過著野人一樣的生活，遇到河水時就用冷水刷洗身體，缺水時就完全不洗澡，讓愛乾淨的他實在很不舒服，覺得身上的髒污沙塵都堆了幾斤重了！

現在入住旅社，有條件洗澡了，他當然要把一身汗臭、髒污洗去！

阿奇納也一樣，他以前還能忍受身上的髒臭，可是跟晏笙生活一段時間後，受到他的薰陶，以及他對於獸型的自己的毛髮養護，阿奇納現在也變得很愛乾淨，很重視毛髮的柔順光滑。

「晏笙，洗完澡後你幫我護理，這麼多天沒有養護，我覺得我的毛都不滑順、不漂亮了。」阿奇納扯著頭髮埋怨。

「好。」

洗澡外加護毛後，晏笙從商城買了食物，跟阿奇納和小夥伴們一起分享，而後各自上床睡覺，一晚上就這麼過去了。

隔天一早，他們在教頭的催促聲中起床，睡眼惺忪地梳洗、整裝，陸續走出房間，來到旅館一樓用餐的地方。

入住旅館的房租費用並沒有包含餐點供應，房客需要額外加錢，不過又因為晏笙的關係，所有食物費用都是免費的。

所有人就座後，拿著電子菜單開始點菜。

「晏笙、阿奇納，我跟你們說，這個果酒燉牛肉很好吃！一定要點！」

小夥伴熱情地分享著他們喜歡的食物。

永望旅館的食譜並不是什麼稀罕食譜，永望島的官方餐廳和其他永望旅館都有相同的餐點，就像是連鎖餐飲店一樣，小夥伴們之前在永望島上都吃過。

「奶油蜂蜜烤雞腿好吃！我買了三盤！」

「我喜歡他們的田園綜合沙拉，裡面有靈藍果呢！」普普海鷗指著菜單上的照片，真摯又熱情地推薦，「切得碎碎的、藍色的這個就是靈藍果，靈藍果真的很好吃！我們人魚族的崽子都愛吃！」

「紅醬燉排骨我最喜歡！」

「碎果冰淇淋千層蛋糕跟柑橘香橙慕斯塔才好吃！」

「我喜歡烤羊排、蒜香大蝦、奶油冬薯泥燒雞、松露海鮮燉飯、香煎戰斧牛排、焗烤蜜汁獸腿……」

既然食物是免費供應的，這群正在發育期、胃口極大的崽子們自然就不客氣地點了一堆菜，他們也不浪費，現場吃不完他們還可以打包帶走，當成午餐。

吃飽喝足，意猶未盡的崽子們又打包了一堆可以方便入口的小點心和零嘴，當他們沒辦法停下來休息用餐時，可以一邊行動一邊進食。

根據旅館職員的介紹，從貿易點出去後，往東邊的位置前進約莫五公里左右，可以看見一處山谷，山谷裡頭有著大大小小的礦洞，而其中一處最大的礦洞裡頭設置了一座「試煉塔」，那是一處用來考驗的地方，通過考驗可以獲得資源獎勵，還能夠登上排行榜，讓永望島高層看見。

往後若是想到永望島求職，可以拿出試煉塔的成績作為證明，其他民間機構不提，但是永望島官方肯定會承認試煉塔的成績。

旅館員工還透露，雖然目前官方還沒公告這件事，但是內部已經有傳言說，永望高層已經擬定草案，打算將試煉塔當成永望島官方招募職員的篩選門檻，要是在試煉塔中表現出色，永望島官方還會主動發出招攬邀請，對排行榜上的傑出人士進行招聘。

這是新型墟境才有的全新嘗試，目前也只有這個墟境才有。

「旅館員工也說了，這裡面的測試並不只是戰鬥方面的測試，試煉塔會根據你們表現出來的專長，給予不同的關卡。」奧德里擔心崽子們沒能理解試煉塔的考驗，詳細地解說道：「也就是說，你們要是擅長戰鬥，進去以後就盡量表現出戰鬥方面的天賦，要是擅長煉製藥劑或是知識學習，那就從這方面著手……」

「崽子們，就算你們不想到永望島任職，那也要盡力去考！別給我放鬆了！」巴基雙手扠腰，聲音響亮地說道：「這裡的排行可是會公開出來的，你們的表現會關係到族群的名聲！絕對不可以馬馬虎虎！不要讓別人笑話說，『你們百嵐的人太差勁了，連排行榜都沒進去』！聽見沒有？」

「聽見了！」

一聽說這是關係到百嵐和部落的榮譽問題，崽子們立刻熱血起來。

「我們以前可沒有你們這麼好的成名機會，你們一定要努力，讓百嵐以你們為榮！讓所有人都知道，我們百嵐的崽子是最棒的！」

「是！教頭！」

崽子們興奮地握緊拳頭，他們要進入排行榜！要成為百嵐和部落的榮耀！

抱持著熱切的信念，崽子們一路殺進山谷，滅掉了攔路的魔獸，翻找好幾處礦洞順手挖了一堆能量水晶、伴生魔法寶石、礦石後，這才來到目的地。

「不是說是試煉塔嗎？怎麼是一個光圈？」

在礦洞深處，一處寬敞的空間中，幾根三角形的柱體圍繞成圈，在這個圓圈的中心處飄浮著一個漩渦狀的發光體，旁邊還立著一個巨大石碑，最頂端寫著「試煉塔」三個大字，底下是進入試煉塔的注意事項：

一、試煉塔並不只是針對戰鬥進行測試，智者、藥劑師、鍛造師、附魔師、陣法師、商人、藝術家、廚師、科學家、煉金師、治療師等職業皆可進行測試。

二、闖關並無條件限制，除了宇宙罪犯之外，任何職業、種族、文明位面皆可獲得公平測試機會。

三、嚴禁搶劫闖關者的收穫，違者將會遭到永望島追殺！至死方休！

四、試煉塔的闖關成績會以排行榜的形式公示在永望島官方網站、永望島的公眾區域以及永望島的盟友機構，例如各大公會、各大冒險團、各大商會和聯盟等處，這是絕佳的成名機會，請各位善加把握。

五、各行各業的排行榜只收錄前五百名。

六、永望島招募相關職業者時，會優先從試煉塔排行榜上進行選擇。

七、永望島會視實際情況進行規則增減，有任何更動，皆以永望島的公告為準。

先前旅館員工們的猜想，在這裡獲得證實。

有了這番公告，阿奇納等人闖關的信念更加堅定了。

「怎麼進去?從這個光圈走嗎？」

「應該是吧！這個光圈跟晏笠島嶼上的傳送門很像。」阿奇納說道。

「這是傳送門，試煉塔應該是另外開闢出的空間。」奧德里評估光圈的能量和各種細項，分析出這樣的結果。

「教頭，我們應該是一個個進去，還是可以一起進去啊？」

有些傳送門會要求一個個通過，而有些傳送門則是沒有進出人數的限制，要是沒有搞清楚這一點，恐怕會在傳送時出問題。

「……」這倒是問倒奧德里了，他的檢測技能可分析不出這個傳送門的構造，「為了安全起見，還是一個個進吧！」

「那是要等前一個出來，下一個再進去，還是？」

畢竟是考試用的試煉塔，誰知道裡面是一起考試還是分開考試？

「應該不用那麼麻煩吧？黑塔就沒有這種限制……」

「這裡又不是黑塔。」

「黑塔還是有數量限制的。」阿奇納回道：「我有一次進黑塔的時候就被擋在外面，說是裡面滿了，要等裡面的隊伍出來我才能進。」

「還有這種情況？我怎麼沒遇過？」

「我也沒遇過……」

阿奇納翻了一記大白眼，「我比較倒楣啊！你們沒遇見的都被我遇上了！」

「哈哈哈哈哈……」

眾人哄笑。

「阿奇納說得沒錯。」奧德里點頭附和，「黑塔的收容人數是十萬人，達到這個數額時就會限額。」

「我們是第一批進來的，人數上限這個不可能發生。」奧德里說道。

「永望島怎麼也不寫清楚一點……」

眾崽子交頭接耳地討論起來。

「嘖！試試看不就知道了？」

巴基大手一揮，直接把最靠近光圈的成員扔了進去。

那人連聲驚呼都還沒發出，人就消失在光圈裡了。

緊接著，巴基又拎起晏笙，打算將他扔進去。

「咦？」晏笙瞪大眼睛，驚慌地看向巴基。
「第二個就要扔晏笙嗎？太危險了吧！」阿奇納第一個提出抗議。
「教頭，還是先扔阿奇納吧！」另一名小夥伴附和道。
「對！先扔阿奇納！」
「……」阿奇納鬱悶了，這群混蛋，一點夥伴愛、戰友情都沒有啊！
接收到阿奇納怨念的目光，崽子們的身體一抖，還是頑強地梗著脖子。
「先扔阿奇納，要是沒問題，再換我們吧！」
「對、對，晏笙太弱了，還是留在最後。」
事實證明，小夥伴們還是相當友愛的，只是他們的友愛只供應給團隊最弱小的晏笙，在小夥伴們看來，團隊中最強大的阿奇納，就是要衝在最前面，為眾人進行安全測試的。
「你們忘了嗎？這裡面的關卡跟強弱沒有關係，是跟職業有關！」巴基翻了個白眼，「才剛在石碑上看過的內容，轉頭就忘了，你們的腦子還在嗎？」
巴基氣憤地揮舞著手臂，晏笙也被他拎著晃來晃去。
「教、教頭，你先把我扔進去，再教訓他們吧！」晏笙苦著臉請求，這麼被拎著的感覺實在是太難受了！

「行！」巴基順應晏笙的請求，隨手將他扔進光圈裡。

緊接著是阿奇納，之後是其他人。

等到所有成員都被扔進去後，巴基拍拍手，得出結論。

「嗯，試煉塔確實可以容納多人。」

「……」奧德里沉默地看著他。

「幹嘛？你也想進去？」巴基摸著下巴，看著石碑上的規則，「這上面也沒有限制等級，我們應該也能進去……」

「嗯。」奧德里應了一聲，率先往裡頭走去。

他想進去測試試煉塔的功能，並收集它的相關資料。

「喂！外面不用人看著嗎？」

巴基看著光圈裡已經消失的身影，撓撓頭，也跟了進去。

第二章
試煉塔和學習

穿過光圈後，晏笙發現自己出現在一個空曠的地方裡，一束光源自上方落下，照亮晏笙及其周圍的區域，光源以外的範圍一片黑暗，完全看不清那片黑暗中有些什麼。

「您好，請問這裡有人嗎？我是進來考試的……」

晏笙環顧四周，輕聲叫喚著。

「索克爾？」

索克爾是第一個被丟進來的人的名字。

晏笙等了幾分鐘，確定這裡除了他之外，別無他人。

【叮！身分確認完畢。】

【參與者：晏笙。】

【身分：永恆貴賓。】

【職業：時空商人。】

帶著金屬質感的中性聲音自虛空中傳出。

【您好，永恆貴賓，歡迎您進入試煉塔進行闖關。我是試煉塔的引導系統，有任何問題皆可發問。】

【本試煉塔的評分標準，從低到高分別是：不合格、合格、良好、優秀和傑

出，共計五種。】

【評分不合格者，視為闖關失敗，自動淘汰出局；合格者自動晉級下一關，但無獎勵；獲得良好評分，可以獲得一件獎勵；獲得優秀評分，可以獲得三件獎勵；獲得傑出評分，可以獲得十件獎勵，請闖關者加油！】

【五秒後自動開始進行時空商人測試，五、四、三、二、一……】

倒數計時完畢後，一面水藍色光幕飄浮在晏笙面前，上面有幾十道考題。

問題一：你想要進一批永恆精金，分別到甲商會和乙商盟去詢問價格；發現相同一件商品，甲商會售價為定價先打九折，會員優待再打八五折；而乙商盟則先依定價減價百分之二十為售價，會員再優待九折，問，你覺得應該到哪家買比較划算？請簡述原因。

「……」晏笙從沒想過，來外星球做個試煉，還要考數學！

他將卷上的題目都看了一遍，心情變得有些複雜。

數學題也就幾題，另外還有行銷企劃、宣傳包裝、市場觀察這些範圍，可以說是將一名商人經商時會遇到的情況都概括在裡面了。

晏笙抓心撓肝、死了一堆腦細胞、還不小心拔下幾根頭髮，這才將這張考卷完成。

這份考卷雖然他都寫滿了，卻不敢肯定成績，他現在只希望自己可以獲得合格的成績，進入下一關，不然第一關就被淘汰出去，實在是太丟人了。

【叮！第一關評分：良好。恭喜！】

成績比自己預期得還要好，晏笙激動地原地蹦跳了幾下。

「感謝廣告商、感謝網路媒體、感謝詐騙集團、感謝分享金融和商業知識的網紅大大，感謝平行世界的晏笙前輩們……」

要不是有前世看過的廣告和媒體宣傳，以及平行世界前輩本身經歷過的買賣手段，他還真不知道該怎麼應付這個關卡！

【恭喜您，您可以自行選擇一件禮物。】

虛空中浮現三本巨大又厚重的書籍，第一本書是教授經營的書籍，名為《偉大的卜西多教你經商》；第二本書是介紹材料的書籍，名為《卜西多告訴你，宇宙最熱門的一萬種原料》；第三本書是《卜西多最喜歡的十條宇宙商路》，三本書的作者都是同一人，也都是永望島出品，也算是官方給自家商品打廣告了。

「原來永望島的大人物還會出商業書啊？」

晏笙想起這位曾經附身在他身上的幽靈，對於對方這麼接地氣的行為感到訝異。

他還以為，像卜西多這種高高在上的大人物，都是日理萬機、行蹤神秘，跟人交談的內容都是星球的存滅、種族的興衰這種大事，沒想到他還會出這種相當商業化、相當接地氣的書籍。

這種感覺就好像，那種國家級元首或是世界級大人物突然當起了網紅一樣，反差相當大。

晏笙選擇了《卜西多告訴你，宇宙最熱門的一萬種原料》，但他對另外兩本書也很好奇。

「請問這些書籍可以買得到嗎？」他詢問道。

【可以，永望商城和書店都有販售，每本售價一百五十萬星幣。】

「好貴！」晏笙低聲驚呼。

【這可是卜西多大人傳授的珍貴知識，而知識是無價的。】引導系統回道：【就拿您手上的書來說，宇宙那麼大，各種原物料、材料那麼多，許多人一輩子都研究不完，可是有了這本書，商人和研究學者可以少走很多彎路，這都是卜西多大人的功勞。】

「……也是。」

晏笙看著手中的《卜西多告訴你，宇宙最熱門的一萬種原料》，也被說服了。

他小心地收起書籍，準備迎接下一個關卡。

【現在開始進行第二關考核。】

【請從這些材料中，選出價值最高的一種。】

空中飄浮著二十樣材料，材料中有異植、有礦石、有獸皮、有發光的液體……還有很多他完全沒見過的東西。

這次的考題這麼簡單？

晏笙心底竊喜，他用鑑定一掃，很快就選出了評價最高的材料。

正當晏笙想要伸手拿取選中的材料時，他的動作突然一頓。

等等，會不會是陷阱？

這些材料裡，會不會有鑑定評價不高，其實它的價值反而是最高的？

晏笙有些苦惱，但是他對這些材料全然陌生，就算想改選別的，也無從挑起，還是只能依靠鑑定天賦進行選擇。

最後，他還是拿了鑑定選中的那一樣。

【叮！第二關評分：傑出。恭喜！您真棒！】

【您可以從考題的材料中選擇十種作為獎勵，請選擇。】

晏笙從中挑選了可以製作藥劑的異植，以及適合製作成武器的材料，前者他自己留著用，後者可以給阿奇納他們打造武器。

阿奇納他們雖然有伴生武器，可是戰鬥並不是一把武器就能打天下的，頭盔、護甲、背甲、手套、靴子以及各種防護和輔助用品，都是一名戰士需要給自己裝備的資源，錢財的花費相當大。

【第三關考核。】

【請從下列物品中，挑選出三樣，組合成最合適和價值高的商品。】

隨著題目出現，晏笙面前出現一百件物品，有原物料、有半成品、有包裝用的禮盒、緞帶，有各種工具附件，還有一堆晏笙看不出用途的物品。

「這個問題就有點難度了……」

晏笙撓撓臉，一時之間不曉得該怎麼下手。

最後，他決定先挑出最有價值的東西。

找到最後，他找到三件價值差不多的物品。

第一樣是整珠的異植，它可以用來製作成藥劑、用於附魔上、可以用來作為染色劑，還可以製作成美容保養品。

第二件是一名大師鍛造的半成品武器，只要將這半成品武器打造完成，這武器的價值會相當高。

第三件是一塊殘缺的石製盒子，上面有某個上古種族的文字和圖樣，看起來相當神秘，而且晏笙的鑑定之眼給出的價值也是三者中最高的。

從表面上的價值來說，晏笙應該就是選這三種了，可是系統給出的題目又說了「挑選三樣，組合成最合適和價值高的商品」，在不考慮其他因素之下，這三種東西組合在一起出售自然是最高價的，可是晏笙的關注點在「最合適」上面。

既然題目特地點出「最合適」三個字，明顯就是有相關要求的。

這三種商品的組合明顯不合適，因為它們之間並沒有關聯性。

想要異植的顧客不見得喜歡另外兩樣，喜歡半成品武器的不見得看得上異植和破石盒，這種組合就像是商店在出清商品時推出的驚喜福袋，打著「付一點錢，獲得大驚喜」的口號，結果買了以後，裡面確實裝了一堆東西，但是能看上眼的可能就只有一、兩樣，甚至連一樣都沒有，只想全部都扔垃圾桶！

最好的組合包應該是百貨公司在節慶日時推出的組合套裝，例如買整套的保養品就送包包、迷你口紅組、迷你香水或是精品首飾，這樣的組合，也許不見得所有女性都喜歡，但是絕對不會排斥。

晏笙猶豫了一下，挑選了石盒作為主要商品，又從其他選項那裡找了同樣具有歷史性和考古風格的兩堆殘缺的碎片，將這三種作為一個組合。

他想的是將這三種風格相近的東西，當成歷史組合包或是考古組合包推出，這是他覺得最符合「最合適」的要求的組合。

他不確定這樣的做法是否正確，是不是符合出題人的想法，但是這是他對這題目的認知，是他目前能想到的最佳解題方式。

【叮！第三關評分：優秀。恭喜！】

聽到評分，晏笙頓時鬆了口氣。

【您可以挑選三件獎勵，請選擇。】

「那我就選它吧！」晏笙選擇了石盒組合，作為這個關卡的紀念。

【現在進行下……】

「請等一下！」晏笙喊停，「我可以請問，最好的答案是什麼嗎？」

考核過後，只知道自己的考試成績，卻不知道自己對在哪裡、錯在哪裡，這讓他覺得有些彆扭。

【原本是不能透露給闖關者的，但是因為您是永恆貴賓，享有一定範圍內的特權，所以可以為您解答。】

晏笙眼前的材料自動組成了五組，他剛才給出的答案也是一組，只是除了石盒之外，另外兩件東西被換掉了一件，換成了一個骨頭製成的武器。

「請問這個石盒組合，為什麼換上這個骨頭製作的武器會更高價？我剛才檢測過，這件武器本身的價值不高……」

【這件武器跟石盒和碎片都是隸屬於同一個種族、同一個時代，您剛才挑選的那件是另一個種族的東西。】

也就是說，這個組合的完整度比晏笙之前拼組的組合完整度要高，價格也更高。

晏笙點點頭，表示理解。

這也不能怪他忽略了這個骨製武器，這幾件物品的等級太高，他的鑑定之眼只能鑑定出「這是某個上古種族的物品」，他根本不知道武器跟石盒是同一種族，而另一件不是。

緊接著，晏笙又問了其他幾個組合的情況，系統給出的答案跟晏笙的猜想相近，不外乎是：這個組合可以統整成一個套組，這個組合可以製作成一件不錯的半成品，這個組合在某一行業經常使用……

總而言之，組合商品想要獲得高價，一是要有相關的目標族群，像是專門賣給考古學者的、專門賣給藥劑師的；二是它可以組成一個整體，不需要買家再額外找東西拼湊；三是它本身就具有研究價值或是歷史價值，如同晏笙先前選擇的上古石盒……

一番詢問後，晏笙也發現，自己的知識量太低了，這裡一堆東西他都不認識、沒見過，身為一名商人，知識量不足、對商品的認知不足，這是最大的錯誤！

「請問有沒有學習商人知識相關的課程或是書籍？」晏笙詢問道。

【有的。】

系統列了一堆課程和書籍給他，又說，只要晏笙將這些學習完畢，在商人這個職業就有一定的基礎了。

是的，看一堆書、上一堆課，也只是打造好基礎而已。

宇宙太過遼闊，而這些課程和書籍教授的是常見的、熱門的、昂貴珍稀的、經常遭遇到的各種資訊和情況，一些罕見的、價值低的、不常遇見的，自然就不在教授範圍中，需要商人自己親身去體會、去學習了。

晏笙將課程和書單全部記下，打算等到離開試煉塔以後再慢慢挑選。

【第四關，請說出這隻星獸的可利用部位、價值和商機。】

空間一陣波動後，晏笙面前出現一隻龐大的星獸。

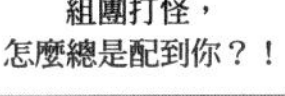

星獸長得有點像暴龍，龐大的身軀、小小的前肢、巨大的獠牙。

晏笙根據鑑定之眼的檢測結果，逐一說出這隻暴龍的各個有價部位。

「皮可以製成皮甲防具、箭袋、鞘等東西，還可以用來熬膠……

「肉可以烹煮成各種美食，因為牠的肉質相當堅硬結實，可以用燉煮方式讓它變得軟爛好入口……

「骨頭可以製作成武器，可以磨粉製作成石膚藥劑，可以熬骨頭湯……」

一番絞盡腦汁後，晏笙獲得了「優秀」的評價，又挑了三件獎勵。

【第五關，從以下這些商品中挑選出一件，並為它設計一套完整的行銷和宣傳。】

空間一陣波動後，晏笙面前又出現一堆商品，有盔甲防具、武器、陣法、符文、附魔卷軸、藥劑、機關盒……

晏笙挑選了他曾經學過一段時間的藥劑進行行銷規劃，最後以良好的評價過關了。

【第六關……】

就這樣，知識不足的晏笙，就像是在考場上擲骰子填答案的考生，憑藉著強大的運氣，每次都有驚無險地過關，其中以合格和良好的成績最多，優秀和傑出的成績相當少。

不過運氣也不是萬能的，晏笙本身的知識量不足，這是最大的缺陷，再好運也支撐不了太遠，最後他敗在第十一關關卡。

這個關卡要晏笙展露出時空商人的時空之力，晏笙根本沒學過這方面的技能，自然只能認輸了。

不過他並沒有任何沮喪，相反地，被淘汰的他著實鬆了口氣。

沒辦法，他闖關都是憑著猜測、憑著胡亂瞎掰過關的，實在是太讓人心虛了，還不如早早離開比較好！

試煉塔外，幾名早早就被淘汰的塔圖崽子聚在一起吃吃喝喝，見到晏笙也出來了，笑呵呵地叫他過去一起吃。

在試煉塔裡頭耗費了大量的腦細胞，晏笙確實需要大吃一頓補充營養。

他拿出一堆零食點心、飲料水果跟眾人分享。

「你闖到第十關啊？真厲害！」

某成員看著試煉塔外飄浮的排行榜，讚嘆地說道。

「我跟索克爾在第三關就掛掉了哈哈哈哈……」

另一人取笑著自己和索克爾。

「你的關卡都考什麼啊？」另一人問著晏笙。

「考數學、策劃、行銷、辨識商品……」

「好多！」

「聽起來好難！」

「你們商人可真不容易……」

「還好我們戰鬥的沒有那麼麻煩，一直打過去就行了！」

「難怪我阿爸都說商人最精明，原來你們要懂那麼多東西啊！」

同伴們一臉驚恐地看著他，很明顯地表現出學渣面對學習的態度。

「我也沒想到要學那麼多，考得很心虛。」晏笙苦笑著回道：「還好我的運氣好，都幸運通關了……」

在試煉塔待得越久，他就越覺得自己有很多不足，對自己的商人之路越來越沒有自信，心底的壓力有點大。

他打算在離開墟境後，要從系統給的那些書籍和課程進行學習，努力成為一個合格的時空商人！

所有人之中，阿奇納是最後一個出來的，相較於其他人衣著只是有些凌亂、傷勢都是輕傷的模樣，阿奇納可就是衣衫破舊、傷痕累累，像是被人狠狠蹂躪過一樣了。

「阿奇納，你還好嗎？」

晏笙緊張地攙扶住他，拿出一堆治療傷勢的藥劑給他。

「我沒事，只是看起來傷得有點重。」

阿奇納的神情顯得很興奮，未見絲毫沮喪。

他從中挑選了符合自己傷勢的藥劑，又是內服、又是外敷地折騰一會，又換了一套衣服，這才跟眾人坐在一起，抓著食物大口吃著。

「餓死我了！那裡面竟然不給人吃東西，太過分了！不過那些關卡真好玩！我闖到十九關，差一點過二十關了！你們呢？」

「我第三關就掛了啊啊哈哈哈……」

「我第七關。」

「我十五……」

夥伴們報上自己的關卡數，沒有一個比阿奇納更高，這讓他得意極了，嘿嘿哈哈地笑個不停。

小夥伴們不高興了，快速吃完食物後，又嗷嗷叫地衝進試煉塔，那模樣歡快極了，完全不像是要進去闖關，反而像是小孩們見到遊樂場一樣。

不過這種說法也對，對塔圖的崽子們來說，戰鬥就跟玩耍差不多，而且這個試煉塔闖關成功還有各種獎勵可以拿，比純粹的戰鬥要好多了！

晏笙沒打算再進入試煉塔闖關，進去了也只是靠著運氣和胡亂編造過關，既不能讓自己有成就感，也沒辦法讓自己獲得充實，沒意思！

他拿出之前在試煉塔中獲得的書籍開始學習，擴充自己的知識量。

在看完手上現有的書籍後，他才進入試煉塔，測試自己的學習成果，順便向試煉塔的系統請教自己的疑惑。

晏笙發現，當他向試煉塔系統表現出自己某一方面的困惑時，供他挑選的過關獎勵品中就會有相關的書籍。

他不曉得這是永恆貴賓的特殊待遇，還是這些書籍本身就存於獎勵之中，系統只是在他提出不足時，貼心地將書籍當成獎勵品給他？總之，發現到這一點後，晏笙對於闖關的欲望更加強烈了。

就這樣，晏笙將試煉塔當成檢測學習成果和獲得新知識的地方，每次闖關都有明顯的進步，還省下不少買書的錢。

幾天後，跟他們一同進入墟境、分走不同方向的其他團隊也陸續過來會合了。

眾人窩在試煉塔這裡玩得不亦樂乎，完全忘了時間，也忘了他們最初的目的。

「誰說忘了？」巴基橫著眼睛掃了說話的教頭一眼，「我們進來墟境不就是為了鍛鍊自己跟找尋寶物嗎？這個試煉塔不是都有了？難道你沒從裡面拿到好東西？」

「這裡的好東西怎麼比得上交換泉？」布落姆酸溜溜地回道。

他來到這裡的第一天，就被巴基炫耀了一臉，這個不要臉的老傢伙從交換泉那裡得到寶貝也就算了，竟然還挑釁他，說他已經觸摸到晉級的屏障，等到伴生武器修復完成就差不多能晉級了！

媽了個蛋！以前他們兩個人的實力可是勢均力敵的，也就是巴基受傷這些年他才能壓自己一頭，現在這個老傢伙要反壓他了，那怎麼行？

想到這裡，布落姆就朝晏笙露出一個有些諂媚的笑。

「小幸運星啊，下次你要去貿易點，我保護你去！到時候我們去交換泉玩玩……」

晏笙眨眨眼睛，笑得單純。

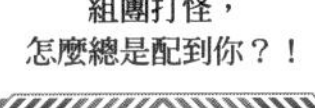

「我早上已經去過了，是奧德里教頭陪我去的，這次採購了不少東西，下次的進貨時間應該要十天後了。」

「去過了？什麼時候去的？我怎麼不曉得？」布落姆瞪大了眼睛。

「那時候你在試煉塔裡面，當然不知道。」奧德里回道。

「沒事！下次我陪你去！下一趟要去的時候記得叫我啊！」布落姆直接跟晏笙約定下一回的行程。

晏笙笑嘻嘻地點頭答應，「對了，執法隊的人跟我說，現在已經有綠色貴賓進來了，再過幾天就會全部對外開放……」

他因為不需要長時間待在試煉塔中，便充當後勤人員，經常回去貿易點給隊員們採購物資和生活資源，一來二去之下，他跟負責看守出入口的執法隊成員也混熟了。

他每次經過出入口時，都會送幾樣點心、零嘴或是從交換泉獲得的禮包給他們，而他們投桃報李，也會跟他分享一些小情報。

「咦？不是要一個月才輪得到綠色貴賓嗎？」

「前十天是永恆貴賓，之後是紫色貴賓，再過十天是藍色貴賓，然後才是綠色貴賓……」小夥伴們掐著手指計算。

「晏笙沒說錯，我們已經在這裡待了一個月了。」奧德里點頭回道。

「時間過得好快啊！我還以為我們只進來幾天而已……」

「教頭，我們要離開這裡了嗎？」

「不要啊！我都還沒玩夠呢！」

為了預防作弊，試煉塔的關卡每次進入都會有變化，這讓心性不定的崽子們玩得不亦樂乎。

「我都還沒算清楚它的關卡有幾種變化呢！」先前第一個被丟進試煉塔的索克爾嚷道，他同樣也不願意離開。

跟其他不斷往上衝的夥伴不同，索克爾突發奇想地想要知道，試煉塔的關卡到底有幾種變化？

於是他故意在第一關過關後認輸，退出試煉塔後再度進入，就這麼一次一次地進出、一次一次地計算，截至目前為止，索克爾已經數出第一關有五百多種測試，至今都沒有重複出現的考驗。

晏笙不明白對方計算這個有什麼用途，不過看著索克爾興致勃勃的模樣，他也沒有潑冷水，還幫著他記錄。

教頭們也沒有阻止他，他們對於崽子們的教育向來是放任的，只要索克爾本人認為計算關卡變化比闖關有意義，那他就可以去做。

「教頭，我不想走！我、我快要把關卡算出來了！我不走、我不走！」索克爾噘著嘴巴，不滿地擺手跺腳，就差沒有滿地打滾了。

「蠢崽子！誰跟你說要離開了？老子為什麼要把這麼好的地盤讓給別人？」巴基踹了他一腳，笑罵道：「你想把關卡數量算出來？就算在這裡待一年都不一定算得完！」

被踹了一腳的索克爾也沒生氣，在地上滾了一圈後，拍拍身上的灰塵站起身，臉上帶著憨笑。

「不離開就好，我一定會把關卡算出來的！」索克爾信誓旦旦地保證。

巴基嗤笑一聲，也沒有打擊他。

「墟境對外開放以後，進入這裡的人肯定會變多，要多加注意一下周圍環境。」奧德里說道：「雖然試煉塔的位置隱密，可是這裡也不是完全跟外面隔絕，更何況，我們能夠從旅館職員那裡獲得消息，其他人自然也可以。」

「要不要派人到外面守著？」布落姆問道。

「沒必要。」奧德里搖頭。他也考慮過這個問題，但是最後還是否決了，「試煉塔畢竟是永望島推出的新機制，要是我們攔著其他人，說不定會引起永望島高層的不滿，更何況，我們攔得了一時、攔不了永遠，還不如放他們過來……」

「也不用那麼擔心，墟境裡頭的試煉塔有好幾處，也不見得所有人都會過來這裡……」巴基倒是相當樂觀。

「以後這裡要是來了人，大家在安全上就要謹慎一點，說不定會有人想搶劫闖關得到的東西。」奧德里提醒道。

「其實我們也可以反過來，主動去販賣試煉塔的消息！」晏笙提議道：「反正這裡早晚都會被發現，那我們不如把試煉塔的位置販賣出去，至少還能賺點星幣！」

「賣消息嗎？」布落姆等人若有所思。

「對啊！教頭之前不是也說過，你們在墟境裡頭也會互相交流、販賣情報的嗎？」晏笙興匆匆地說道：「要是他們自己找過來，我們什麼都沒有，可是要是我們主動把情報賣給他們，除了能賺點星幣之外，還能給那些人留下一個好印象，就算對方沒有跟我們交好，至少也不會一來就跟我們搶地盤……」

「晏笙的主意不錯！」奧德里贊同地點頭。

「看來我們小幸運星都有把商人的教學書看進去啊！」巴基揉著他的腦袋笑道。

他們每次出試煉塔，都能看見晏笙抱著一本極厚的書籍在那邊背誦，密密麻麻的文字看得一群學渣頭皮發麻，也對晏笙的勤學相當佩服。

「那我們要賣多少？」布落姆又問。

「分等級吧！最低等級的情報就是跟他們說這個礦區的位置，至於在哪個礦洞就讓他們自己找；中級自然就是告訴他們準確的位置；高級情報就是將我們從試煉塔裡面獲得的資訊透露給他們。」

晏笙拿出一本筆記本，上面詳細地記載著他從小夥伴們口中收集的各種資訊。

「至於價格……」晏笙面露苦惱，「你們販賣情報都是怎麼計算價格的呀？」

「要看情報的重要性，像是貿易點的位置大概二、三十萬星幣，要是加上貿易點裡頭的商店資源，就是我之前跟你們提過，讓你們記錄下來的那些，還可以再往上加個幾萬，如果是某種魔獸族群位置、某個異植的資訊或是礦石分布這些，就要看這東西本身的價值，以及情報的準確性……」

要是資源本身就價值高，他們又知道該資源的精準位置、數量和範圍的話，價格就是一、兩百萬起跳，如果只是模糊地知道個方向，那就是幾萬或是十幾萬星幣……

「像試煉塔這種，可以進行歷練又能獲得獎勵的，賣個五、六十萬應該可行！」巴基估價道。

「那我們把低階情報定在五十萬，中級情報定在八十萬，高級情報一百三十萬！」晏笙直接拍板定案。

「這麼高？」巴基驚呼，他剛才估算的價格，就是以中級情報為基準的。

「不高，一點都不高。」晏笙搖搖頭，用著傳銷洗腦的語氣，蠱惑地說道：「教頭，你要想啊，我們這個情報是第一手資料，要是讓那些人自己找，他們說不定要找上十幾天、幾十天才能找到這裡，這中間就耽誤了多少時間？要是他們把這些耽誤的時間都拿來闖關，他們能拿到多少獎勵？他們能鍛鍊多少、成長多少？」

「……也對。」巴基點頭。

「還有啊，像這種情報，都是越賣價格越低的，那些人得到試煉塔的情報，肯定也會跟著販賣！他們還會為了跟我們搶生意，把價格壓得比我們低，跟我們打價格戰！我們為了做生意，只能跟著他們壓價，到最後情報都不值錢了！」

晏笙痛心疾首地揮舞著筆記本。

「我們能賺的就只有開頭這幾批人，這樣你還會覺得高嗎？我們就只能坑……咳！賺幾次而已啊！」

「臥槽！老子都沒想到這一點！」巴基一拍大腿，一臉的心疼和痛惜，「這麼好的生意就只能賺幾次啊！以後都賺不到了！星幣啊！那麼多的星幣啊！老子的星幣啊啊啊啊！」

「媽了個蛋！不然我們再把價格抬高一點吧！」布落姆紅著眼睛附和，一副被人黑了錢的模樣。

晏笙贊同地點頭，「我覺得價格可以再上漲個幾萬，就算被砍價了，我們也能賺，買賣交易就是討價還價嘛！」

「對對對，就該把價格說高一點！」布落姆連連點頭，「不然那些混蛋都會喊窮，不斷往下砍！」

幾名教頭跟晏笙聚在一起討論起來，一旁沒辦法參與討論的阿奇納等崽子們面面相覷，乾脆埋頭繼續吃飯。

吃飽喝足，才有力氣再闖試煉塔。

「剛才……晏笙是說了『坑』這個字對吧？」已經吃飽的普普海鷗，伸手掏掏耳朵，確定自己沒有聽錯。

「好像是，我好像也有聽到。」

「阿奇納，最近晏笙在看什麼書？」另一名小夥伴問道。

「《開動思維，萬物皆可賣！》，卜西多大人寫的書。」阿奇納說出書名。

「不愧是卜西多大人，感覺晏笙變得……更像商人了。」

「這樣也不錯。」阿奇納倒是不覺得晏笙的變化有什麼不好，「他以前太大方、太慷慨了，賣東西都賣得好便宜，我以前老是擔心他會被騙，現在不用擔心了。」

「也對，晏笙以前真的有點傻。」索克爾贊同地點頭。

「那才不是傻！」阿奇納揍了索克爾一拳，不滿地說道：「晏笙那是人太好、太善良、太單純了！」

突然被揍一拳，索克爾也不高興了，同樣揍了回去。

「我又沒說錯！以前的晏笙不像是精明商人，不聰明的商人，那不就是傻商人嗎？」

「那是晏笙不想跟朋友計較！難道他對你們大方也錯了嗎？」阿奇納欺身上前，將索克爾撲倒。

「我沒說他錯啊！」索克爾躺倒在地，一臉的無辜和茫然，「晏笙他很好，就只是不像聰明的商人而已啊！你不是也擔心他被騙嗎？就只有你能說他傻，我就不能說嗎？」

「我才沒有！」阿奇納氣呼呼地反駁。

「你們怎麼突然打起來了？」注意到這邊的騷動，晏笙納悶地詢問。

「晏笙，我跟你說，阿奇納他……」索克爾才想跟晏笙告狀，話還沒說完，嘴巴就先被摀住了。

「阿奇納？阿奇納怎麼了嗎？」晏笙不解地詢問。

「我、我、我渴了，你那邊有飲料嗎？」阿奇納緊張地回道，摀著索克爾嘴巴的力道加重，生怕他露出一點聲音。

「有，其他人也要喝嗎？」

晏笙拿出一堆飲料遞給他，讓阿奇納分給其他小夥伴。

一場小風波就在分派飲料中消除了。

第三章
墟境開放了

冒險者之間有好幾個半公開的交流群，只要你知道某個通訊號，就能加入這個特殊的交流群，跟墟境中的其他冒險者進行交流。

交流群經常被用來交流和分享資訊，一些想要進行交易買賣的人，也會在交流群上約好地點，而後雙方再見面交流。

這是許久以前某位冒險者發明的方法，通訊號也是一代代傳承下來的。

經過一群又一群人的改進和填補，這些交流群已經相當完善，還成為新手變成冒險者的「認證」。

能夠得知通訊號、加入這個交流群的，才會被當成一名成熟而獨立的冒險者，沒能加入的人，會被當成消息不夠流通、實力太弱以及資歷不夠的菜鳥。

而已經加入的冒險者也不會隨便將通訊號流傳出去，他們會給自家的後輩一個專屬於菜鳥的通訊號，唯有在那個菜鳥交流群歷練過了，他們才會給出真正的號碼。

這是所有冒險者們心照不宣的默契。

「真的沒人直接給正規的那個通訊號嗎？」晏笙不太相信。

一般而言，拿到好東西都會想要跟家人或是親友分享，而這個交流群又有一堆職業冒險者在活動，這些老牌冒險者們隨便露點資訊出來就夠新人少走好多彎路！

要換成是他，他肯定會將號碼跟阿奇納他們分享，讓他們也進來沾沾好處！

「你讀書讀傻了啊？」巴基斜睨他一眼，「要加入交流群需要推薦人，這個群還有好幾個管理員在管理，要是被查到有人讓菜鳥混進去，菜鳥跟他的推薦人都會被踢出這個群！誰會那麼蠢？」

「……你又沒說這些。」晏笙覺得自己很無辜。

巴基的介紹中又沒提到這些內情，自己當然只憑著他透露出的那些情報去猜想啊！

「嘖！說你讀書讀傻了你還不承認？這種事情還用我說？這不是明擺著的嗎？你自己去瞧瞧，有哪個有規模的組織沒有管理人？野獸會有獸王，族群會有族長！組隊的時候會有隊長，開店會有店老闆，菜市場也有菜市場管理員……」

晏笙想了想，發現還真的如同巴基說的，每個組織必定會有一個或是幾個的管理階層。

「我知道晏笙的意思。」布落姆插嘴說道：「他是覺得有人會想把好東西分享給自己的親友和後輩，對吧？」

「對。」

「你這麼想也不算錯，確實有這樣的人。」巴基點頭，「一些人都想把好東西直接塞給自家崽子，不過不能給通訊號，他們也懂得鑽漏洞啊……」

「漏洞？」

「就像我們現在這樣。」巴基指著面前的螢幕，「我點開了交流群，讓你們一起來看，你們雖然不能加入、不能操作，可是同樣可以看見裡面的內容，這樣不也是一樣嗎？」

「這麼做也有一個好處……」奧德里接口說道：「你們想要獲得正規交流群的認可，想要進入交流群，就會不斷地努力，這會變成你們上進的目標和動力。」

鍛鍊是一件相當枯燥的事情，像阿奇納他們這樣的年紀，衝勁最強，實力增長的變化也最大，當他們進入下一個階段後，鍛鍊的速度就會慢下來，他們需要付出更大的努力，因為這個階段講求的是「磨」。

他們需要重新打磨自己的戰技，將過往的缺點一個個剔除掉，這個階段容易讓人迷失，因為磨練幾年、十幾年下來，你會發現自己有進步，很大的進步，你會以為自己變得很強，你會認為自己的戰技很完美，缺點都沒了！

但是其實那些進步都是舊有的積累，你本身吸收的新知識並不多。

一部分的人，會在這個階段變得自大，不再學習、不再努力，止步不前。

到了奧德里他們這些教頭的境界時，很多人都停止前進了，不是因為他們不努力，而是因為他們想努力也找不到方向。

能夠來到這個階段，表示他們之前都有注意要吸收新的知識、戰技，學習各種能夠充實自己的東西，可是現在這個階段講求的是「感悟」，要從舊有的、新的、內在的、外界的各種資訊中獲得感悟，並從感悟中找到突破的方式。

簡言之就是「得道成仙」！

這個「道」，指的是前進的道路，悟出了道路，就能突破，就能再跳一階，悟不出來，那這輩子也就停在這個階段了。

感悟這種東西相當唯心，而且到了這個階段的人，大多已經有了一定年紀，他們除了需要找出道路之外，還需要跟自己的壽命爭，跟時間爭，跟身上的舊傷、病痛爭……

看著阿奇納他們發亮的眼神，奧德里沒有將後續的艱苦告訴他們，沒必要說，塔圖的崽子都是一根筋，認定的目標沒達到前，就算撞得頭破血流也不會罷手。

這種執拗的性格，有人說好，有人覺得不好，不過在奧德里眼中，他是覺得好的。

他喜歡塔圖那種充滿朝氣、全身心燃著鬥志的模樣，雖然不理智、雖然魯莽，可是看著就讓人覺得他們是「活著」的。

如同一團烈火，如同驕陽一樣，炙熱而明媚地活著。

「好了！我把消息發上去了。」巴基按下發送鍵，將新墟境的消息透露給幾個小群。

「最上面這幾個，是交流群的主群，也就是所有人進入都會看見的聊天頻道。」巴基指著光幕介紹道：「下面這幾個是私人小群，就是比較交好的幾個人自己弄的，第一個是我們塔圖的小群，第二個是百嵐的小群，後面這幾個是我跟別人組團認識的⋯⋯

「這兩個小群裡面大多是有錢人，有自己當老闆的，有養著幾個傭兵團的，也有自己就是團長的，出手都很慷慨⋯⋯」

巴基興奮地搓著手，心裡盤算著能從對方那裡拿到多少星幣。

而那兩個群的成員也沒有讓巴基失望，他們完全沒有跟巴基砍價，直接向他買了最昂貴的情報資訊，甚至還願意多出一倍的錢，把這個情報買斷。

巴基當然不會同意，一方面是覺得錢少，另一方面是覺得這要求會有後續的麻煩，不划算。

他飛快地在小群中輸入回覆：

巴基：這個墟境就要對外開放了，試煉塔的位置就在貿易點的附近，要是有人自己找到這裡，你卻覺得是我賣的消息，那我不就冤了？

巴基：更何況，這筆交易是我跟人合夥做的，對方可是永望島的永恆貴賓，我可得罪不起對方。

巴基把「永恆貴賓」的身分搬出來後，買家便不再糾纏，只要求巴基延後兩天販售，而巴基這兩天的損失他們會加倍補上。

「看，跟人做生意，你本身要夠硬，要是實力不夠，又沒有強大的背景，就會像我剛才那樣被『欺負』了……」巴基說得哀怨，臉上卻是嘻皮笑臉的。

巴基雖然算是強者，但這些買家可都是一團的團長、一方的大老闆、大商隊的隊長，手底下的人多，勢力也大，巴基跟他們對上，身分上就天然地矮了一截。

——即使巴基本人並不這麼認為，可是對方和普羅大眾就是這麼看的。

年輕時，巴基還會為此感到憤怒和不滿，甚至因此跟對方打起來，後來經歷得多了，也就學會了圓滑、學會隱忍，學會各種他以前為之不屑的手段。

起初他還有些鬱鬱，後來一個老前輩給他點醒了。

老前輩說，人家自己也是有兒有女、有親友、有徒弟，人家憑什麼要對你好？你又不是他阿爸，也不是他兒子！

不要把所有事情都當成交情，要當成交易！

一買一賣，這交易就完成了，別去想其他的，想多了就會鑽牛角尖！

後來巴基就照著老前輩的話做了，他發現，將事情當成交易，把對方當成老闆，而不是朋友，心裡也不會有那麼多的抱怨。

在巴基同意後，買消息的幾人很快就付帳了。

「看！這就是有錢人的氣度！」

看著已經到帳的星幣，巴基笑呵呵地將已經整理好的情報發給他們。

等巴基關上他的光幕時，奧德里開啟了他的通訊器，上面同樣是一個類似交流群的頁面。

「這個是我加入的學術群，有好多個星球的學者。」奧德里介紹道：「這邊也有消息買賣，主要是知識和技術方面的交流，可以把試煉塔的情報放到這上面販售，我覺得他們會對試煉塔感興趣。」

一個可以檢驗自身所學，還可以獲得獎勵的地方，沒有人會不喜歡。

「學者也會跑墟境冒險？」阿奇納訝異了，「我還以為他們都是窩在書堆裡頭看書的呢！」

「大多數的學者喜歡安靜地學習，不過喜歡往外跑的人也不少，這些人自稱是『體驗派』，他們認為學習不能只看書，要親身體驗、親自感悟和思考過，那才是真正屬於自己的東西……」奧德里解釋道。

「可是巴基教頭剛才已經答應要過兩天才賣情報了，這樣算不算說謊啊？」索克爾面露糾結，覺得教頭們應該信守承諾才對。

「沒說謊。」奧德里回得乾脆，「巴基信守承諾，沒有在那個交流群賣情報，現在是我在學者群賣，兩個交流群不一樣，我也沒有答應過對方。」

奧德里這種行為可說是玩了文字遊戲，不過買家確實只是要求巴基不在那個交流群販賣，並沒有說不能在其他交流群販賣，況且，這兩個交流群的使用者並不同，對新墟境的目標也不一樣，並不會引起衝突。

「喔！我懂了！」腦子一根筋的索克爾接受了奧德里的解釋，自己想通了。

在新一筆款項入帳後，奧德里關閉螢幕，催促著眾崽子繼續進入試煉塔奮鬥。

「其實巴基的那筆交易還是有點問題，他不應該答應對方往後延兩天。」奧德里又道。

「為什麼？」

對於這個問題，巴基自己回答了。

「因為墟境要開放了，就算我沒有賣出情報，還是會有人找到這裡來，到時候那些老闆可能會用這個當作藉口，說我騙了他們，明明答應了不賣情報，卻還是賣了……」

「那怎麼辦？」

「所以我收了他們兩倍的星幣！」巴基理直氣壯地回道：「他們要是真的這麼誣蔑我，我也算賺了。」

「就、就這樣？」

「教頭，你不反駁回去嗎？」

「就算我解釋了，他們既然想抹黑我，自然就會提出各種『證據』，而其他人聽說了以後，也會半信半疑……」

「星際中，這種謠言很多。」奧德里抓緊機會教育，「你們以後聽說了某些傳聞時，最好是多方面收集資訊並且進行分析。」

「就、就沒辦法解釋清楚嗎？」

「除非有相當明確的證據，不然都是解釋不清楚的。」奧德里搖頭。

「對，如果以後有人造謠、抹黑你們，你們如果可以收集到證據，那自然是最好，要是不行……你們知道最好的方法是什麼嗎？」巴基微笑著反問。

「……」眾人一陣沉默。

「放出更大的謠言，把所有人的注意力轉過去？」晏笙語氣不太確定地回道。

「咦？你怎麼知道還有這一招？」巴基頗為訝異地問。

「以前我的家鄉，有些明星爆出負面消息的時候，就會用這一招……」晏笙回想起以前看過的娛樂圈分析文中，就有提到過這樣的情況。

「大家對於八卦的關注都是有時效性的，大多數的人都喜歡追求新鮮的、精采的、更加刺激的謠言，要是一個謠言傳來傳去都是同一套，很快就會被當作是無趣的舊消息遺忘掉……」

「對，這種手段算是最省力的，用更大的謠言掩蓋掉對自己不利的消息。」奧德里讚賞地點頭，「大眾其實不在乎事情的真假，他們只在乎這個消息是不是有趣。只有當事者才會重視謠言本身，所以你們要是以後遭遇陷害，除了收集證據證實自己的清白之外，還可以捏造其他謠言把大眾的焦點轉移掉……」

崽子們一臉嚴肅地點頭，認真地將這件事情記在腦中，甚至還假想著以後要是自己被抹黑誣蔑了，應該怎麼應對？

「算了，就算跟你們說了，你們也沒那個腦子弄謠言，聽聽就好……」巴基直接一桶冷水潑下，把他們剛燃起的鬥志撲滅了。

眾崽子：「……」可惡的巴基教頭，信不信我們造謠抹黑你！

「好了。」奧德里拍拍手，示意眾人注意，「趁現在還沒有太多人過來，你們抓緊時間闖關，等到人多了，這裡就要熱鬧了……」

奧德里口中的「熱鬧」帶著各種涵義，阿奇納他們目前只能理解最基本的意思。

他們有些期待又有些不安，他們一方面期望能像教頭他們那樣，在墟境中遇見談得來的夥伴，以後還能組個臨時隊伍一起行動，卻也擔心會遇到一些不好的人，被對方挑釁、陷害或是發生不好的事。

阿奇納撓撓頭，將混亂的心思掃開。

「闖關、闖關、闖關！這次我一定要再往上走一級！」

他揮舞著拳頭，為自己加油打氣。

「加油！」晏笙笑著與他擊掌鼓勵。

「你在外面要小心。」阿奇納叮囑道：「要是看見有陌生人過來，別理他們，如果他們要找你麻煩，那你就進試煉塔去，別留在外面。」

試煉塔會將闖關者區隔開，這也是保護自己的一種方式。

「小崽子，你是不是忘記還有我們這些教頭在？」巴基按住阿奇納的腦袋一陣搓揉，「有人找麻煩，你不是應該叫晏笙躲在我們後面嗎？」

「你們在這裡，他們還敢找麻煩的話，肯定是有辦法牽制你們啊！」阿奇納抱著腦袋解釋道：「你們被牽制了，當然要叫晏笙先躲起來，不然要是晏笙被他們抓到怎麼辦？」

有些人喜歡從團隊的薄弱點進行攻擊，而團隊裡頭最弱的晏笙，自然就是那個首當其衝的，不能不防。

「我會保護好我自己的。」晏笙笑著允諾。

等到小夥伴們都進入試煉塔後，他在元素精靈贈送給他的傳承知識中翻翻找找，真的讓他找出幾種逃跑和攻擊、自保的技能！

打不過人，他跑總行了吧！

不是有句話說：「天下武功，為快不破」嗎？

敵人厲害又怎麼樣？只要他的速度夠快，讓對方摸不到、碰不著，不也就安全了嗎？

晏笙隨即沉下心來，專心地學習傳承知識。

在墟境對外公開後，晏笙又去貿易點補了兩次貨，這才在貿易點見到了幾個陌生人。

那些冒險者們來的速度比他們預期得還要慢。

「終於有人來了。」負責看守出入口的赤鶩笑道。

他們在這裡待了將近兩個月，每日睜眼見到的就是那些人，每天的工作不是站在出入口發呆（守門）、就是在貿易點內閒逛（巡邏），能聊天抬槓的就是那幾個人，無聊死了！

「希望能有幾個鬧事的，讓老子活動活動筋骨。」另一名守門員舔著下唇，笑得十分邪氣。

「嘖！毛利，笑容收一收，別嚇到我們小朋友。」赤鶩調侃地笑著。

毛利臉上的邪氣瞬間消失，變成溫和又正派的微笑，變臉的功夫堪稱一絕。

「……我沒被嚇到。」晏笙很自覺地對號入座，板著臉為自己辯解。

畢竟現場除了他之外，也就只有奧德里和布落姆兩位教頭，他可不相信兩位執法隊成員會將教頭當成小朋友。

「哈哈哈，好，我們的小幸運星很勇敢，沒有被嚇到。」赤鷲揉了揉他的腦袋，滿臉長輩對小孩子的寵溺。

「……」晏笙默默地拿出梳子，將被揉亂的頭髮梳理整齊。

赤鷲是青鸞族人，青鸞族是最早遷入永望島的族群之一，隸屬於赫希管轄，是他的直屬部隊。

青鸞族跟聖薩曦族交好，雙方通婚的族人不少，算是姻親部落，這次聖薩曦族遷移到永望島，青鸞族也從旁幫了不少忙，像是替他們找尋合適的族地安置，要是沒有青鸞族，聖薩曦族恐怕拿不到那麼遼闊又那麼合適的族地。

而晏笙救下聖薩曦族的崽子一事，青鸞族人也聽說了，對他有著天然的好感，自然願意在權限可以的範圍內給予他幫助。

況且晏笙還幫助過卜西多大人，還獲得永望島之主、赫希大人、卜西多大人、諾娃大人和好運泉泉靈的好感，只要不出意外，日後肯定是前途無量，為了自己、為了部落，他們這些人都會盡可能地交好晏笙。

不求往後飛黃騰達，只希望雙方結個好緣。

更何況晏笙的脾氣好，人也好相處，性格雖然有點軟，卻是知進退、勤奮好學的，他們跟他相處下來，覺得這孩子真是不錯，原先的客套中也就多了幾分真心。

「貿易點的人多了以後，你買東西的時候要注意一下周圍。」赤鷲叮囑道：「有些人會從你買的東西猜測你的身家，然後趁你落單或是身邊人少的時候殺人搶劫，千萬不要一個人單獨行動，知道嗎？」

「不是說貿易點裡頭不能械鬥嗎？」晏笙茫然地反問。

「想幹壞事的人還會管什麼規矩嗎？」赤鷲嗤笑，「只要沒被發現，那就不算違反規矩。懂？」

「懂。」晏笙嚴肅地點頭。

「擔心什麼？有我們在！敢對你伸手就砍了！」布落姆豪邁地拍著胸口說道。

「……」赤鷲翻了個大白眼，不客氣地罵：「我在教小朋友藏，你卻叫小朋友莽！改天他真死了你可別哭！」

「老子就是看不慣！」布落姆瞪著眼睛回嘴：「你們老是叫他躲、叫他藏，好好一個崽子都被你們教孬了，膽子小了，膽量沒了，以後遇到麻煩該怎麼辦？他這年紀就該闖！」

「闖闖闖！真當他是你們塔圖族的啊？」赤鷲罵了回去，「你們塔圖族的底子好，命也硬！你們可以闖、可以拚！可是你看清楚，晏笙跟你們不一樣！他就是一隻小弱崽子，我部落裡才剛破殼的崽子都能啄死他！」

「……真是對不起啊，我竟然是這麼脆弱的人類。」晏笙扯了扯嘴角，皮笑肉不笑地回道。

「笑得真醜。」赤鷲揉了揉他的臉，把他臉上的假笑揉沒了。

「喂喂，在我們長輩面前欺負我們家的小崽子啊？」布落姆上前救出了晏笙。

「有人來了，你們該進去了。」留意著遠方動靜的毛利，見到有人影接近，連忙制止他們的玩鬧。

「走走走！我們趕緊去交換泉，我拿了好多好東西來……」布落姆摟著晏笙的肩膀，帶著他往貿易點裡頭走去。

他之前就想讓晏笙替他從交換泉裡弄出好裝備，只是巴基告訴他，丟入交換泉的東西要親自準備，而且投入池子裡的東西越好，拿到的禮包也會越好，為了拿到好東西，布落姆在礦區周圍巡邏了十幾遍，獵了上百頭的獵物，一切準備妥當後，這才跟著晏笙過來貿易點。

他盤算著，上百頭的獵物能換到上百個禮包，再加上晏笙的幸運手加持，肯定能拿到不少好貨！

布落姆已經幻想好自己全身的裝備都換新，還把伴生武器餵養得升級，然後挑戰巴基，爆打巴基，再次把巴基壓趴下的畫面了。

「呵呵呵呵……」布落姆腦補得大笑，引來奧德里像是看傻子一樣的目光。

布落姆的表情實在是太明顯了，不用猜也知道他在想什麼。

巴基之前雖然輸給了他，但那是因為他傷勢過重，伴生武器毀損又掉級，要是巴基的伴生武器沒有傷成那樣，就算巴基的實力下降，也有辦法打贏布落姆，因為他們兩人的差別不在於實力，而是腦子！

雖然兩人都在外面歷練過，可是巴基混得比布落姆慘，遭遇了不少事情，大大磨練了他的心性，而布落姆……

不曉得該說他運氣好還是不好，布落姆雖然也遭遇過陷害、抹黑的事情，但是他在外面遇見的人，好人多過於壞人，而那些壞人也不是什麼大勢力，用武力強勢碾壓就能滅了對方，於是布落姆在歷練後學到的就是「拳頭要大」！一切的不服、不爽、不從，都靠拳頭來說話！

這種相異的際遇下，巴基學會用腦子，學會勾心鬥角、圓滑處事，而布落姆就成了一根筋，覺得可以靠著拳頭「說服」別人。

巴基嘴上總是損著布落姆，但是奧德里看得出來，他其實是既羨慕又不滿布落姆的。

巴基羨慕著布落姆的純粹，又不滿他老是不動腦，總是喊打喊殺，怕他再這麼下去，哪天真被人給宰了，到時候巴基就又少了一個可以跟他聊天打屁、互損互揍的老朋友了。

奧德里冷眼看得分明，也沒打算說些什麼，這是他們自己的相處方式，他們自己高興就好。

晏笙和布落姆來到了交換泉，奧德里跟他們分頭行動，前去採購團隊需要的物資，等他採購完畢，就會來到交換泉這裡跟他們會合。

交換泉旁邊站著幾個小團體，他們興奮地盯著池水，手上捧著要拋擲的物品，嘴裡叨叨絮絮地祈求，希望能得到自己喜歡的東西。

「噗通、噗通、噗通……」

各種物品被丟入交換泉，濺起一朵朵水花。

「嘩啦、嘩啦、嘩啦……」

一個又一個的禮包從池水裡頭飛出，分別落到祈求者手上。

「快快快！看看裡面是什麼？」

周圍的人一陣慫恿，好奇著禮包裡頭的物品。

打開後，有人激動歡呼，有人唉聲嘆氣，表情各異。

晏笙好奇地打量，他發現那些人拿到的禮包只有兩種款式，一種是白色禮包繫著黑色綢帶、一種是黑色禮包繫著白色綢帶，兩種款式看起來相當素淨典雅，是他以往從沒拿到過的款式。

他以往拿到的禮包都是顏色華麗、包裝精美，有的還自帶光芒特效，完全可以用「奢華璀璨」來形容，他還以為交換泉的禮包就是這種模樣，沒想到還有這種白色和黑色的簡潔款。

要是讓那些拿到黑、白禮包的人知道了，肯定會「呸」一聲。

簡潔個屁！這就是最低等級的禮包！裡面裝的都是不怎麼值錢的貨！

晏笙之所以沒拿過黑、白禮包，一是因為他進入的期間屬於「特殊時期」，那段時間裡，能進來墟境的人都是永望島的貴賓，在特殊時期中，黑、白禮包是被剔除在交換泉的兌換禮包中的。

簡言之，這就是永望島給貴賓的特別優待。

等到墟境全面開放了，黑、白禮包也就被大量加入，大多數人能拿到的就是這樣的禮包。

「來來來！這裡沒人，站這裡丟！」

布落姆很快地找到一處沒有人的位置，拉著晏笙站在交換泉前，又將自己要交換的物品塞入他懷裡。

被塞得滿懷、差點抱不住的晏笙苦笑，「教頭，這樣我沒辦法丟啊……」

難不成要一次把東西都丟進去嗎？

這交換泉是看次數的，不是看數量的，就算丟了一卡車東西進去，它也只會當作一次計算，回給你一個禮包。

聽到晏笙這麼說，布落姆又將一堆東西搶了回去。

「來來來，我拿，你慢慢丟！」

說著，他塞給晏笙一顆籃球大的頭骨。

頭骨能讓人聯想到的畫面不是恐怖就是詭異，但是這顆頭骨相當漂亮，顏色是薄荷綠，透亮清爽，鮮活青翠，上頭還有天然形成的紋路，深深淺淺地，帶著水波般的漸層，看起來像是一幅寫意的山水畫，它的質感像是玉石、又像是水晶，敲擊時會有清脆悅耳的聲響，相當特別！

看著這顆猶如藝術品的獸類頭骨，晏笙有些捨不得將它丟入水池中。

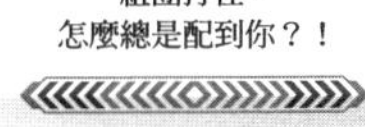

這麼漂亮的東西就該留下來收藏啊！

只是這頭骨又不是他的，他作不了主，只能在布落姆的催促聲中，眷戀不捨地將它丟入交換泉。

「要換一個配得上它的禮包才行啊……」晏笙低聲唸叨。

很快地，一個發著彩光的豪華禮包飄到晏笙手上，晏笙看著禮包外觀，覺得裡面應該是不錯的東西，便笑著將它遞給布落姆。

周圍的人看見晏笙拿了一個特殊的禮包，即使不知道裡面裝了什麼，也能從外觀看出肯定是好東西。

「包裝得那麼漂亮，會不會是黃金級的裝備？」

「說不定是高級藥劑？」

「真好啊，我也想要……」

「這小子運氣真好。」

「看，他又要丟了！」

在眾人的圍觀和竊竊私語聲中，晏笙又往交換泉中丟了一塊獸皮。

這塊獸皮是連同獸首和獸爪完整地剝下來的，皮毛光滑，沒有半點損傷，就算拿到市場上販賣，也能賣出高價。

「噗通！」

「嘩啦……」

又是一個丟入、飛出的步驟。

這次飛出的禮包沒有發光，但是包裝華麗精美，上頭還鑲嵌著小顆的寶石，一看就知道價格不菲。

「又是好東西！」

「這人的運氣怎麼這麼好？」

晏笙沒有理會周圍投射而來的熱烈目光，繼續往交換泉丟東西。

陸續飛出的禮包有的發光、有的沒有光芒，但是無一不是包裝奢華精美的，看得圍觀群眾的眼睛都紅了。

其中離他們最近的一人眼睛轉了轉，故意將手裡的東西往晏笙拋擲的位置丟出，與他一前一後地落入水池中。

交換泉飛上來兩個禮包，一個是豪華版，一個是黑色樸素款。

豪華版同樣落到晏笙手上，黑色樸素款則是飛到那人手上。

正當晏笙要將禮包轉交給布落姆時，那人喊住了他。

「等等！你的那個禮包是我的！我們拿錯了！」

哈里森揚了揚手上的黑色禮包，明顯想要碰瓷晏笙。

「哈！好笑，這禮包是交換泉自己分配的，哪來的拿錯？」

布落姆嗤笑一聲，一眼就看出那人的企圖，沒有理會他。

「朋友，你這樣就不對了，你都拿了那麼多好東西了，沒必要把我的也搶走吧？」哈里森領著他的夥伴走上前，想要藉著人多欺負人少。

他盤算得很清楚，晏笙他們只有兩個人，而他們這群可是有十七個人！要是他們不想跟自己起衝突，就會自動將禮包送上，畢竟他們都已經拿那麼多好東西了，應該不會堅持要留下那個禮包，這樣他就可以白得一個！

這種碰瓷的手段很不高明，可是以他過往的經驗來看，大多數人都會寧可吃點虧，也不想跟人糾纏。

哈里森的夥伴也是這麼想的，自然是力挺到底。

第四章
利益動人心

「你們這是想要強搶？」布落姆將東西收入空間，攔在晏笙面前。

「什麼強搶？禮包明明是我的。」哈里森無賴地回道。

「對啊！這明明就是哈里森的東西，是你們拿錯的！」哈里森的夥伴大聲聲援著他。

「老頭子，你這是不想給了是吧？」

「不過就一個禮包，你們都拿那麼多了，少一個也沒關係……」

「我們不想欺負老人，才這麼心平氣和地跟你談，要是你還在那裡嘰嘰歪歪的……等一下會發生什麼事我們就不曉得了。」

看著這群惡形惡狀的混混，晏笙眉頭一挑，似笑非笑地問：「你們想在貿易點打架？不怕被執法隊抓走？」

「你可不要亂說，我們可沒有要搶劫，我是要拿回被你們『誤拿』的東西！」哈里森很謹慎，完全不想讓人抓到把柄。

「教頭，我們請執法隊過來處理吧！」晏笙轉頭對布落姆說道。

對於這種因為利益引起的糾紛，爭吵是吵不出結果的，他們不會理會對自己不利的部分，只會一直抓著對自己有利的部分，甚至會顛倒黑白、扭曲事實。

交換泉離貿易點的出入口不遠，再加上修煉者的五感敏銳，就算晏笙只是用平常的音量說話，只要對方刻意關注，還是能注意到這邊的動靜。

晏笙才說要找執法隊，赤鷺和毛利就領著人過來了。

「這裡發生什麼事？」

即使已經知道事情經過，但赤鷺還是起了一個話頭，讓晏笙可以進行申訴。

「大人，沒事……」

「他們說我們搶了他們的禮包，但是我們拿到的禮包是交換泉分給我們的……」晏笙故意用上「搶」字，並迅速地將整件事情的經過說明完畢。

「好傢伙，連交換泉分配的禮包你們都想搶……」赤鷺似笑非笑地看著哈里森等人。

「不、不是的，大人，這是一場誤會，我跟他的禮包丟到同一個位置……」哈里森一臉無辜地辯解，並暗中催動能力。

他擁有蠱惑人心的異能，可以經由話語的力量，改動人的思想，這種力量並不是強制的，而是潛移默化的改變，好處是不易被人察覺，壞處是要是對方的意志堅定，這能力就不會有任何作用。

「大人，我跟他的禮包同時進水，飛上來的禮包有可能是我的……」

過往的順風順水讓哈里森變得自大，認為自己只要催動「迷惑」的能力，就能夠讓執法隊信任他。

「就算是丟到同一個位置，就算是同一時間入水，交換泉也會分辨出是誰丟的，回贈也會跟著丟下的東西進行！」毛利板著臉，一臉嚴肅地說道：「交換泉是赫希大人親自規劃、設計的，正式啟用前還測試了上百萬次，絕對不會有錯！」

「不不不，我、我並沒有指責大人……」

發現毛利等人沒被影響，哈里森勉強壓制心慌，再度加強力量。

「我的意思是說，他們都拿了那麼多好東西了，就算讓出那個禮包也……」

「呸！」赤鷺直接甩了他一巴掌，把他的臉打腫了，「說了一堆廢話，你不就是覬覦人家的東西，想搶嗎？」

「赫希大人擔心你們使用交換泉時會因為禮包引發糾紛，特別加上了身分判定功能，要是讓赫希大人知道有人辜負了他的一番好意，還想利用交換泉鑽漏洞，嘖嘖！大人不知道會有多傷心！」赤鷺的腔調中透著嘲諷，眼神冰冷淡漠。

「惡意抹黑赫希大人的善意，不如將他們丟出墟境吧！」毛利看著哈里森等人的目光活像是看著死物。

「不、不，我、我們並沒有……」

哈里森臉色蒼白地否認，害怕的雙腿不斷顫抖。

他們傭兵團動用了大量資源，好不容易才拿到進入墟境的一次性許可權，要是因為他被丟出墟境，他的老大、他身旁的團員都不會放過他！

為什麼催眠的能力會失敗？為什麼！

不行！一定不能被定罪！要脫罪！

他絞盡腦汁，試圖為自己開罪，卻怎麼都想不出藉口。

見狀，他的夥伴們開始催促他了。

「哈里森，你快跟大人解釋清楚！」

「你快點跟大人認錯！自己找死別拉我們下水！」

「大人，這一切都是哈里森自己貪心，跟我們無關啊！」

「是啊，大人，您明察秋毫，我們跟哈里森只是臨時組隊，我們也不知道他是這種人啊……」

團員們紛紛將過錯推到哈里森身上，完全忘了他們之前跟著哈里森壓迫晏笙他們。

「我、我是無辜的……」在夥伴們的指責聲中，哈里森的臉色更加蒼白了，「對！我是無辜的！」

哈里森不曉得是在說服自己還是催眠自己，嘴裡不斷唸叨著這句話。

「我是無辜的，我怎麼可能犯錯……」

在幾近絕望的情況下，他的眼角餘光掃到晏笙，決定將所有事情都推到他身上，就如同他以往陷害其他人一樣。

「是、是他的錯！」哈里森指著晏笙，暗中催動能力，聲嘶力竭地說道：「對！是他的錯！我們並沒有輕視大人的意思，大人那麼完美，怎麼可能出錯？是他！是他說這交換泉有問題！是他故意毀謗大人！是他造謠！都是他！是他做的！」

消耗大量力量的哈里森，大口地喘著氣，渾身冒著冷汗。

可以的！我一定可以催眠他們！

慌張和求生欲蒙蔽了哈里森的理智，他現在只想要不管不顧地將罪責拋開，只想要為自己脫罪。

陷入執著和瘋狂中的哈里森沒有發現，他周圍的人的神情都變了。

赤鷲等執法隊成員面無表情，圍觀群眾一臉鄙夷，而哈里森的同夥則是害怕中透著慌亂、希冀和不屑。

他們都知道哈里森的為人，知道哈里森有一種催眠人心的特殊手段，這也是他敢顛倒黑白、碰瓷和誣蔑他人的底氣。

他們現在的心情很複雜，一方面覺得執法隊不可能被哈里森影響，另一方面又希望執法隊可以被影響。

要是執法隊被哈里森影響了，他們就可以不用離開，還可以利用哈里森的手段從執法隊那裡獲得更多的好處，但要是執法隊沒有被影響，他們……就死定了！

「還跟他們囉唆什麼，抓起來吧！」毛利表情難看地說道：「在墟境鬧事，誣蔑和搶劫永恆貴賓，還敢對我們執法隊進行精神攻擊！這三項罪，隨便一項都能將他們驅逐出去！」

「大、大人，冤枉啊！」

哈里森一行人立刻喊冤。

「我們怎麼敢鬧事？我們沒有鬧事……」

「永恆貴賓那樣的大人物，我們怎麼可能遇見？」

「大人，您不能胡亂編造罪名……」

「沒有？」赤鷲抬手往晏笙一指，「這位就是永望島的永恆貴賓，你們沒想搶他的禮包？沒誣蔑他？剛才發生的事，現場一堆人可都瞧見了！」

「他、他、他怎麼可能是永望島貴賓？」

哈里森等人大驚失色，難以置信地瞪著晏笙。

晏笙抬起手，將象徵永恆貴賓身分的手環展露出來，以茲證明。

「騙人，不可能、不可能的，他那麼年輕，怎麼可能是永恆貴賓……」

哈里森不斷搖頭，完全不肯承認，而其他人也一片譁然。

「那就是傳說中的永恆貴賓手環？」

「他長得好年輕啊……」

「說不定只是看起來年輕！聽說強者的實力達到一定程度時，可以青春永駐、返老還童！」

「原來永恆貴賓的手環是這模樣的啊？」

「之前看過宣傳的照片，我還以為就是一個發光的黑鐲子，這手環比照片上好看多了，像星空！」

「永望島的貴賓手環宣傳應該要用影片才對，不然眼力不好的人肯定分辨不出來……」

「噓！那邊不就一個眼瞎的嗎？以為招惹的是小兔子，誰知道惹到了……」

「咳！慎言。」

「你剛才對我們使用精神攻擊，想要讓我們聽從你的意思行動，你以為我們沒發現？」赤鷲看著哈里森冷笑。

「我們身上都裝備了監測和抵禦精神攻擊的東西。」

赤鷲從衣領內拉出一條項鍊，項鍊尾端綴著一個像是懷錶的東西，懷錶的錶面正發著光芒，而且還微微地顫動，像是在警訊著什麼。

「發光就是表示我們遭受到精神攻擊，它還能指引我們找到攻擊者……」

他往懷錶上按了一下，一道紅色光芒從懷錶的中心處射出，落在哈里森身上，並將他整個人包裹起來。

「我、我……」

哈里森蒼白著臉，虛弱地坐倒在地，他的夥伴立刻往旁邊遠離，生怕沾上一星半點的紅光。

「跟他們廢話那麼多做什麼？直接抓起來交給審判處吧！」毛利不耐煩地催促。

「跟我們無關！我跟他不是一夥的！」

「我也不是！我是無辜的！」

「我只是剛好站在這裡！」

「我、我來看熱鬧的！」

一群人慌張地散開，而哈里森的同夥也想趁亂跑掉，只是他們早就被執法隊鎖定了，怎麼可能逃得了？

這場抓捕只是引起一場小小的騷動就被平息了。

晏笙還以為可以看到不遜於警匪片的精采戰鬥，結果反抗者卻是迅速被執法隊撂倒，連一丁點掙扎的餘力都沒有。

直到被抓走之前，哈里森還在喊著：「不！我沒錯！我是無辜的！」神情狀似瘋癲。

「他是想要裝瘋來躲過處罰嗎？」晏笙訝異又困惑地問道。

他以前看過新聞，有犯人藉著裝成精神有問題來逃避罪責，可是星際中也有這條法律嗎？

「大概是遭受到反噬吧！」布落姆猜測道。

「反噬？」

「精神類的招式很厲害，即使你的實力再低，你也能神不知鬼不覺地暗算其他人，還不容易被察覺到，可是精神攻擊也很脆弱，因為使用這種攻擊就等於將自己的靈魂敞開，要是對方的精神力比你強大，或是意志比你堅定，你就容易遭受到反噬，精神受創，重則死亡，輕微的話就是像他一樣，瘋了。」

「就算他瘋了，也還是要受刑的。」赤鷲讓其他人帶走犯人，來到晏笙身旁，「永望島不會放過一個使用精神力攻擊永恆貴賓的人。」

這話是對晏笙的保證。

攻擊他們執法隊也就算了，畢竟他們的工作就是要面對這些事情，可是晏笙是永恆貴賓，他們如果讓永恆貴賓在貿易點受到傷害，那他們可就要受到嚴厲的懲罰，甚至是連執法隊的工作也要丟了！

「你們還好嗎？我聽說這裡有人搶劫……」

奧德里採購完畢，過來與他們會合，靠近交換泉時正好瞧見執法隊的追捕，並從旁人的三言兩語中了解了經過。

「沒事，那人只是想要禮包。」晏笙沒將這件事情放在心上。

奧德里點點頭，也將這件事情帶過了。

「我已經買好物資了，你們忙完了嗎？」

「好像還剩下幾個沒丟……」

晏笙轉頭看向布落姆，他記得對方過來碰瓷時，布落姆手上還有幾樣東西。

「我想要的東西已經拿到了，不用再丟了。」

布落姆很滿意這次的收穫，順便將剩下還沒丟的東西遞給晏笙。

「剩下的這些給你，你也去拿幾個禮包吧！」

晏笙哭笑不得地拿著布落姆塞過來的東西，轉身走到交換泉旁，一個接著一個丟入池中，動作乾脆俐落。

五個禮包陸續飛到他懷裡，其中有三個發散著流光溢彩的光芒。

看著豪華禮包，晏笙突然心生感慨。

雖然他一直都知道「利益動人心」這個道理，只是他並不知道，人可以為了爭奪利益做到什麼樣的地步。

在今天之前，他一直以為，再怎麼覬覦一件東西，表面上應該還是會維持著良好的風度，一切手段都處於暗處，不至於撕破臉皮。

然而，哈里森引發的鬧劇卻讓他看清楚了，在利益當前，人可以連臉皮都不要，還能將良心、道德、法規等等都拋棄。

感慨只是一瞬間，他神情平靜地將禮包收起，對於日後的學習也有了更明確的規劃。

武力比不過，他至少要學會逃跑！

時空商人擁有時空之力，而元素精靈傳輸給他的傳承中，有一個名為《星羅萬象》的傳承，裡面有〈瞬間移動〉、〈時空跳躍〉、〈時間操控〉、〈空間禁錮〉、〈空間撕裂〉等技能，這些都是時空商人可以學習和運用的力量，晏笙下定決心，一定要把其中一、兩種學得精通！

返回礦區的時候，他們在礦區附近撿到了一名昏迷不醒的傷患。

這種情況在墟境很常見，至於救或不救，純粹看個人，沒人規定你一定要救人。

有時候救了人不一定有好報，曾經發生過救了人以後被那人偷走了錢、貨，也曾經有人故意裝成傷患，等到被人救下後，再聯絡他的團隊過來打劫……

也有真正無辜的傷患，都已經受傷昏迷了，還被人洗劫身上剩餘的東西。

「……墟境的情況算好的，不是被救就是死，如果是在外面，還有可能被抓去賣給奴隸商人，那可真是生不如死了。」布落姆說出他曾經遇過、聽說過的情況，「奴隸商人有一種特殊的控制裝置，那種控制裝置有的會直接洗腦，讓你徹底成為聽話的人偶！有的好一點，會讓你保持清醒，只控制你的行動，還有一種是洗腦洗一半……」

不過不管是哪一種，生命和自由肯定是掌握在別人手上的。

「一般來說，遇見路上有傷患，你要是心情好，就往他嘴裡灌一瓶治療的藥劑，然後就可以走了，但要是不想浪費藥劑，直接走人也可以。」布落姆看著晏笙，等待他的決定。

「……給他藥劑吧！」

晏笙走上前，想要檢查對方的傷勢，確定要用哪一種藥劑。

布落姆眉頭一挑，也不阻止，就站在旁邊看著他行動。

晏笙沒有動手，而是蹲在傷患身旁進行鑑定。

傷患渾身傷痕累累、衣服殘破，渾身凝結著血塊和髒污，像是受傷後又在地上打滾過一樣。

傷患身上多處骨折、內臟也受損嚴重，他能活到現在，靠的是魔族的強悍體質和恢復力。

是的，根據鑑定，眼前這名傷患是魔族，頭上那對彎彎的紅色犄角並不是裝飾品，而是真的角。

從傷患顯露的面容看來，他很年輕，差不多就是十五、六歲的少年。

晏笙知道，這些「外星人」的年紀不能從外表評斷，但是他還是心軟了。

或許是魔族少年的模樣讓他覺得眼熟，又或者是他的臉龐太過稚嫩，也可能是他的傷勢太過悽慘，好像晏笙不出手搭救，他就肯定會死一樣……

總之，晏笙在思考過後，拿出一瓶珍貴的生命靈液給他喝下。

生命靈液對所有生靈都有用，不管是什麼樣的種族、什麼樣的傷勢，它都可以治療，可以說是一種毫無副作用又極其靈驗的萬靈藥。

感受到生命靈液的能量波動，布落姆就算不知道這是什麼，也能肯定是極為珍貴的藥劑。

「你、你、你真浪費！」布落姆一臉心疼地拍著胸口，「他們魔族的自癒力很強，根本不需要用到這麼好的藥劑！你要是沒有一般的療傷藥可以跟我說啊！我有啊！我給你啊！」

「那不是藥劑。」一直保持沉默的奧德里突然開口，「如果我沒有認錯，那應該是生命靈液。」

奧德里看過晏笙的過往直播影像，知道他手裡有不少好東西，生命靈液就是其中一種。

「生命靈液？是傳說中很稀罕很少見很昂貴的生命靈液？」布落姆倒抽一口氣，恨不得讓已經喝下生命靈液的魔族少年吐出來。

「這麼好的東西你就這麼給他喝了？你、你、你……」布落姆又想捶胸了。

「他傷得那麼嚴重，生命靈液的療效比藥劑好，純天然、無副作用。」晏笙解釋著自己的做法。

「呵呵，效果好，當然好啊！那可是生命靈液！是生命靈液啊啊啊啊！」布落姆激動地揮舞著雙臂，還噴出了好些口水。

「……您別激動。」晏笙拿出濕紙巾擦去臉上的口水，默默地退開一步。

「我怎麼能不激動！那麼好的東西！你竟然就把它給人了，而且這個人還是不認識的陌生人！」

布落姆難受地摀著胸口，他覺得好心疼，心肝脾肺腎都疼！

「你要是生命靈液多到用不完，那就給我啊！我可以幫你喝！我很缺！」

「……給。」晏笙拿出一瓶遞給他。

要是一瓶生命靈液就能讓布落姆不再叨唸，他很樂意給！

布落姆立刻將瓶子收下，遲疑一下，又悶聲道：「就一瓶嗎？我好歹是你的教頭，教了你東西，你對陌生人都那麼好，我……」

「給！」

晏笙又塞了兩瓶給他，一個瓶子大約是三百五十毫升左右，這三瓶加起來也超過一千毫升了。

「嘖嘖！這要是換算成市價……」

布落姆掐著手指算著，卻老半天也算不出來。

「奧德里，這東西的市價是多少？」他問著身旁的人。

「有價無市，市面上根本買不到，只有頂級的交流圈會拿出來交換，以物易物，沒人會用星幣交易。」

「也對！」布落姆贊同地點頭，「要換成是我，我也會拿生命靈液去換我需要又買不到的好東西，傻子才賣星幣！」

「……」晏笙總覺得他們是在罵他。

他想起自己之前賣了一些生命靈液，用星幣交易的，那些買家後來不斷發信給他，希望能再多買一點，價格也越開越高……

嗯，他這個新手賣家確實挺傻的。

奧德里朝晏笙伸出手，掌心向上攤開。

「我也是教頭，見者有分。」他一本正經地說道。

「……」晏笙無語地看著他。

如果奧德里不是長得一臉正氣的模樣，他還以為他說的是：「我是強盜，把東西交出來！」

晏笙同樣拿出三瓶生命靈液給他，奧德里心滿意足地收下。

生命靈液可以作用於靈魂，可以促進賽博格人在生命進化時的成長，相當珍貴。

賽博格人因為理性、冷靜、有條理的天性，在學習時相當有效率，但是當他們到達需要感悟的階段時，他們引以為豪的理性就成了大門檻，卡著他們不讓晉級，很多天賦絕佳的賽博格人都止步在這個階段。

想要跨過這個大難關，他們需要尋找可以引發他們情緒波動或是生命進化的東西，只是這類東西向來稀罕又珍貴，非常難得到。

很多賽博格人抱持著實驗和給後輩引路的心思，鋌而走險，服用了會造成身體或是靈魂損傷的藥劑和毒物，因此瘋了、殘了、死了的人不計其數。

「要是你以後有多的想賣，可以聯繫我，我的族人都需要它。」奧德里頓了頓，又道：「我認識很多學者，他們都很想研究生命靈液，他們想製作出接近生命靈液的仿品。」

要是真讓學者們研究成功，就可以造福更多的人了。

「我知道了。」晏笙沒有給出明確的回覆。

不是他不想賣給奧德里，而是他想跟小海豚商量，看看牠願不願意以賣方的身分跟人進行交易？

不然光靠他跟小海豚拿的那些「房租」，根本供應不了太多。做生意就是要貨源穩定，要是貨源不穩，客人買了幾次都沒買到東西，那可就會換別間了。

晏笙希望每兩個月就能拿出一瓶至兩瓶的生命靈液販售，將生命靈液當成店裡的招牌產品，而想要做到這一點，就需要跟小海豚商量了。

他完全忽略了，現在能拿出生命靈液的只有他，完全就是賣家市場，一切他說了算，就算他的貨源不穩，顧客也不敢埋怨什麼，能買到東西對他們來說就是天大的幸運了，哪裡還會計較這東西是兩個月賣一次還是兩年賣一次？

「好了！人也救了，走吧！」布落姆催促道。

「欸？」晏笙一愣，「不帶他一起走嗎？」

要是有人路過，搶劫他或是殺了他怎麼辦？那人不就白救了嗎？

「你要帶他一起走？」布落姆挑眉，「你可別忘了，我們那個位置……」

那裡可是試煉塔，帶這個人過去，要是這人有什麼壞心，或是擔任臥底的，試煉塔的位置就暴露了。

「……」晏笙張了張嘴，最後還是改了口，「至少將他搬到安全的地方，這裡礦洞那麼多，找個可以棲身的礦洞給他休息吧！」

「算你還有腦子。」布落姆這才點頭贊成。

奧德里附和地點頭，「救人是善舉，但是要量力而行。」

「……我知道。」晏笙很無奈。

他看起來也不像是為了幫助他人，而讓自己和朋友陷入困境的爛好人吧？怎麼兩位教頭看著他的眼神都那麼……

三人將魔族少年安置在一處沒有魔獸和野獸的礦洞內，晏笙還在旁邊留下了一些食物、飲水和傷藥，這才離去。

等到他們離開一段時間後，魔族少年的眼睫毛顫動幾下，睜開了雙眼。

酒紅色眼瞳一片清明，不像是昏迷甦醒的人。

帝亞戈被人偷襲受傷後，拖著受傷的身軀把那些偷襲者都弄死了，身上的傷勢也因此加重，由於擔心會有追兵，他喝下殘存的救命藥劑後，一路匆忙逃命。

中途進行了幾次暗影潛行，經由虛空暗影進行空間跳躍，擺脫各種追蹤的可能，遠離了那處。

來到這裡後，他脫力倒下，身上稍微癒合的傷勢也因為勉強進行暗影潛行再度撕裂開。

他閉眼躺在沙地上，感受著血液流逝，心底盤算著，要是這次他能脫險，他一定要好好回報那些對他下手行兇的兄弟姐妹！

魔族重視血脈傳承，但是在挑選繼承人上，關注的是實力，並不會因為是長子或是嫡子就享有特權。

帝亞戈的父親「荒奎」好色荒淫，情人眾多。他是家裡第十七個孩子，除了上面十六位兄姐之外，底下還有七、八個弟弟妹妹，也因為這樣，他從沒想過要去爭奪父親繼承人的位置。

——即使那是魔域的城主之位。

在魔域，一城之主相當於一個國家的國王，權勢地位相當高。

帝亞戈的母親「花魅」也不支持他去爭搶，不是因為花魅的勢力比其他情人弱小，而是因為花魅自身也有領地，根本就瞧不上荒奎的城主位置。

真要比起勢力強弱，花魅可以說是略勝荒奎一籌。

或許有人好奇，既然花魅可以跟荒奎比肩，為什麼甘願當荒奎的情人？難道她愛他愛得不能自拔？

這樣想的人肯定是誤會了，因為花魅本身也養了多位俊俏的男寵，她跟荒奎只是一段時間的露水姻緣罷了。

不過就算是幾夜情，花魅對於帝亞戈這個孩子卻是相當重視和珍愛的，帝亞戈在花魅心底的地位遠比荒奎和那幾位男寵要高！

之所以會這樣，要從花魅的種族說起。

花魅這個種族在孕育下一代時有一個奇怪的特點，他們的血脈中存在一種特殊的篩選機制，需要找到自己的「適配者」結合，才能生育孩子，如果對方不是適配者，就算滾一輩子床單都生育不了。

這個適配者的人選不定、條件不定、標準不定，每個人都不同。

適配者可能是一個人或是多個人，可能是某個種族的人都可以，但也可能達到某種條件機制的人才行。

為此，他們想要孕育出下一代，就必須不斷尋找自己的適配者。

幸好這個適配者是有感應機制的，不需要一個個睡過去，當他們發現某個人對自己有吸引力時，對方很有可能就是適配者。

之所以說是「很有可能」，是因為適配者的適配度有強有弱，適配度強的人容易生育，可能滾一晚的床單就有孩子了，而適配度弱的，可能滾個十幾年、幾十年才能生出一個來。

花魅跟荒奎相遇時，正好處於想要懷個孩子的階段，正巧荒奎屬於高度適配者，兩人滾了幾晚的床單，花魅就懷上了。

至於荒奎這個播種機，自然是被花魅踢開了。

帝亞戈是花魅的第一個孩子，對他自然是相當地上心，在生下帝亞戈後，還將孩子養在身旁，偶爾比較忙，沒時間陪他時，才讓他回到親生父親那裡住一陣子。

或許是因為花魅這麼爽快、毫不留戀的行為，荒奎對她反倒有幾分真心，對花魅生下的帝亞戈也就關注了一點。

荒奎的關注在帝亞戈看來，就像是養寵物一樣，心情好了就招來逗一逗，心情不好就把人丟到一旁不理會。

帝亞戈擁有花魅全心全意的疼愛，對於荒奎這種膚淺的疼愛自然看不上眼，只是他那些兄弟姐妹就不同了，他們眼紅、嫉妒和怨恨著帝亞戈，認為他搶走了荒奎的疼愛，經常在明面和私下針對他。

帝亞戈沒將那些人放在眼裡，如果是正面邀戰，那他就跟他們戰上一場，如果他們要一些不入流的手段，便交由他的貼身管家一一擋下並反擊回去。

他以為，總有一天那群人會清楚，他不是他們的威脅，他從沒想過要爭奪荒奎的城主繼承人位置，然而，現在他才發現，他太高估那群蠢貨了。

他都已經在繼承人選拔的期間，順著管家的意思避嫌到永望島了，卻沒想到那群蠢貨竟然會派人追殺他！

想起臨死前還拚著自爆替他擋下大半攻擊的管家，帝亞戈的鼻頭酸澀、眼眶泛紅。

我會復活你的……

他抬起手，摸著心口的位置。

他逃跑之前，將管家的殘魂、殘缺的手骨和部分血肉藏於空間中，只要他能夠收集到復活的材料，他就能夠復活他。

儘管那些材料不容易收集，但是他絕對會找齊的！

「生命靈液……」

想起之前裝昏迷時，晏笙讓他喝下的生命靈液，帝亞戈真是頗為心疼。

生命靈液也是復活的材料之一，而且是最難找到的復活材料！結果他竟然就這麼喝了！

要是知道他喝下的東西是生命靈液，他絕對不會喝下！

雖然也可以用其他替代品代替生命靈液，但是既然發現最好、最優質的，誰會願意退而求其次呢？

「那個人挺心軟的，應該能跟他買到一些吧？」

帝亞戈撐著已經恢復大半的身體站起身，循著晏笙三人離開的蹤跡追去。

第五章
復活材料交易

「不賣！」

布落姆聽說帝亞戈的來意，立刻跳出來拒絕。

帝亞戈沒有理會布落姆，也不在意圍繞在他身旁的阿奇納等人，一雙酒紅色眼瞳執著地盯著晏笙。

「我是魔域鞎里城的城主繼承人選之一……」

鞎里城就是荒奎統領的城市，帝亞戈已經決定參與這次的競爭。

「只要你願意賣給我生命靈液，等我繼承鞎里城後，我送一座城池給你！」帝亞戈信誓旦旦地說道。

鞎里城城主的領地內共有二十三座城市，帝亞戈並不在乎這塊領地，就算讓他全部送出也無妨，只是魔域排外，千萬年來也只贈送過七座城市給外族人，帝亞戈就算成了城主也無法挑戰魔域的規則，只能開出贈送一座的條件。

「哼！說得好聽，要是你失敗了呢？」布落姆插嘴回道：「你們這種繼承人競爭，失敗的下場就是死，你死了一了百了，晏笙卻是虧了生命靈液！」

布落姆就差沒有把「你根本是來騙人的」這句話說出口了。

「我可以提前預付訂金。」帝亞戈抬手一揮，一個兩立方的箱子出現在他們面前。

箱子上繪製著封鎖和保存用的花紋，上面還有一個凹槽，需要有特製的鑰匙才能打開。

帝亞戈開啟了箱子，裡頭像櫃子一樣被分成一格一格的，每一個格子都放著一件物品。

「這裡頭的東西都是燦星級的，你可以任選三樣當作訂金。」帝亞戈說道。用三件燦星級的東西當作訂金，這份誠意是很充足的，即使帝亞戈最後失敗了，這三件東西也足以抵上生命靈液的價值了。

「……我不太明白。」晏笙面露迷惘，「你可以直接用這些東西跟我交換生命靈液，為什麼還要加上城池？」

帝亞戈抿了抿嘴，最後還是決定誠實地回答。

「因為我想請你幫我收集幾件東西，那些東西要是能找到，我同樣會拿同等價值的東西跟你交換。」

復活材料每一件都是稀罕又珍貴的珍品，也因為這樣，能夠收集齊全的人相當少，帝亞戈不確定自己是否足夠幸運，他需要多找些人幫他。

「為什麼是我？」

「你身上有時空的氣息，我猜，你應該是時空商人。」帝亞戈回道：「我要收集的是復活的材料，那些材料都很少見，我聽說，那些材料需要有大氣運的人才有機會找到，我聽說能夠成為時空商人的，本身運氣都很強大……」

帝亞戈一連用了兩個「聽說」，表示他自己也不是很確定，但他還是願意相信這種虛無縹緲的傳說。

「需要什麼復活材料？」晏笙問道。

帝亞戈想復活養育他、照顧他長大，還為了保護他而死的管家，晏笙欣賞這對主僕的情誼，在能力所及的範圍內，也願意幫忙尋找。

聽到晏笙鬆口，帝亞戈心頭一喜，連忙報出需要的東西名稱。

「需要兩千毫升的生命靈液、十株永生花、五顆百年年份的回魂果、一根千年的地脈生、二十片萬年黃金古樹的黃金葉、三根成年的時光鳳凰羽毛、一撮成年月光鹿自願獻出的鹿毛、一顆岩土巨靈的完整心核……」

以上這些，許多都已經是近乎銷聲匿跡、處於傳說中的存在，能夠找到一半就已經很不簡單了，卻又要考慮到年份和數量的要求，可說是條件極為嚴苛。

「只要能幫我找到材料，就算只有一、兩樣，我也絕對會拿出相等價值的東西回報，要是你不相信，我可以用我的靈魂起誓！」帝亞戈認真地保證道。

「這麼多傳說級的東西，你確定它們還存在？」布落姆挑眉反問。

「就算找一輩子我也要找。」帝亞戈篤定地回道。

管家對他來說就是最親近的家人，他一定會復活他！

「不夠。」晏笙搖頭。

「什麼？是說我開出的條件不夠嗎？」帝亞戈反問。

「櫃子裡的東西太少，根本不夠兌換復活的材料。」晏笙回道。

「我知道，這只是我的收藏的一部分，我還有一些放在住處……」

「那就等你收集齊全再來交換吧！」晏笙點頭回道。

「你……」帝亞戈沒料到晏笙會這麼回答，先是一愣，而後腦中閃過一個不可思議的猜測。

「你、你有材料？復活的材料，你都有？」他神情激動、聲音顫抖地追問。

晏笙微微一笑，說道：「剛才我找了一下空間的存貨，確實都有。」

其實他是在跟小海豚溝通時，順便問了小海豚有沒有帝亞戈要的復活材料，小海豚就馬上將那些東西堆到他面前給他了。

對小海豚來說，復活材料並不是什麼珍貴物品，牠也沒有特別喜歡，只是這些東西都是那些路過的訪客留下的拜訪禮，牠也不好隨意丟棄，就隨便找了個位

像人參娃娃的植物就是地脈生；這堆是萬年黃金古樹的黃金葉……

「這堆顏色較淺的羽毛，是成年的時光鳳凰羽毛，旁邊這幾根顏色更濃烈、更鮮亮的羽毛是王者級的，我說的王者級指的是時光鳳凰的實力階層，並不是說羽毛主人是這個族群的王……

「這堆是成年月光鹿的鹿毛，是自願獻出的。要分辨是不是自願獻出，看顏色就知道，被迫害獻出的，毛色會是灰色和黑色，帶著詛咒，自願獻出的是乾乾淨淨的純白色……

「這十幾顆像是熔煉過的礦錠的東西，就是岩土巨靈的完整心核……」

帝亞戈這個摸摸、那個碰碰，每一樣都想要得不得了，但是他整個櫃子的東西都給了晏笙，也只能換取幾樣。

這裡說的幾樣可不是種類，而是單位，例如黃金古樹的黃金葉，他大概能夠兌換到十片，要是換成王者級時光鳳凰的羽毛，就只夠換取兩、三根而已。

這還是晏笙不挑剔，願意收下整櫃東西的結果，如果晏笙只挑選他自己想要的東西，說不定他連一根羽毛都兌換不到！

帝亞戈想了想，還是換取了王者級時光鳳凰的羽毛。

這王者羽毛的數量並不多，他擔心要是他現在不兌換，說不定等他解決了那些仇家以後，這羽毛就沒了！

原本帝亞戈的東西只夠兌換到兩根，要是計算得精準一些，那就是兩根又八分之一根。

這羽毛就算拆開了也還是具有效用，但是效果會大打折扣。晏笙便大方地給他湊了個整數，讓他換了三根完整的羽毛。

對此，帝亞戈很是感激。

「剩下的材料，請你幫我留一份，等我拿下城主的位置，我會立刻過來兌換！」

帝亞戈直接將「繼承人」三個字捨去，在他看來，唯有取得城主之位，他才能夠動用到更多資源，換取這些珍貴又稀罕的復活材料。

「這樣吧！你先把你喜歡的挑起來，我單獨存放。」

晏笙拿出一個帶有隔層的儲存櫃，示意帝亞戈將自己想要的材料放入。

雖然這些東西在晏笙看來都是差不多的，可是有過採買食材經驗的人就會知道，就算都是一樣的蔬菜水果，也是有大小、色澤、形狀等差異，現在讓帝亞戈自己挑選，也算是讓他安心。

果不其然，一聽晏笙這麼說，帝亞戈臉上的笑容更盛。

「用我的櫃子吧！」帝亞戈將剛剛清空的櫃子推上前，「這個櫃子用了空間陣法隔開，不用擔心材料會相互影響，保存效果極好！」

「好。」晏笙答應了。

反正要儲存的東西是帝亞戈的，他想放哪裡都行。

帝亞戈花了不少時間挑挑揀揀，挑選他自己覺得效果最好、品項最完整的材料，而後小心翼翼地放入儲存櫃中。

「謝謝、謝謝你！」帝亞戈看著晏笙將儲物櫃收起，滿臉感激地說道：「我一定會收集到你想要的東西！時空方面的傳承我們那裡很多，只要是我能找到的，我一定替你找來！」

「除了時空的傳承之外，一些跟時空商人有關的東西也可以，傳承、知識、故事、傳說這些我都收。」晏笙說道。

「沒問題！」帝亞戈一口允諾。

晏笙想了想，拿出一瓶兩百毫升的生命靈液給他。

「這個算是贈品。」他將生命靈液遞給帝亞戈，又道：「別死了，你的管家等著跟你相聚。」

「……謝謝。」帝亞戈眼眶一紅，抿著嘴接過。

帝亞戈離開後，一旁充當護衛的教頭們和阿奇納等人這才圍了上來。

「你這做生意也太虧了，我還是第一次看見有人送那麼好的贈品！」布落姆嚷道。

他以前遇過的商人，每個都是想把顧客的錢包狠狠宰殺，就算送東西也是送個不怎麼值錢的零碎，才不會送那麼好的生命靈液！

晏笙哈哈一笑，「大客戶嘛！送的東西當然要好一點。」

「嘖！你根本就是心軟！」阿奇納戳破晏笙的說詞。

晏笙笑而不語。

他的確是心軟了，他看著帝亞戈因為失去管家而悲痛的模樣，就想起自己的家人，在他死後，他的家人是不是也是這麼傷心？

帝亞戈和管家的遭遇，引起了他些微的共鳴。

他沒辦法阻止自己的死亡，可是既然他有能力幫助他人與親人重逢，又何樂不為？

聽說掌握時空之力的人，可以經由座標位置傳送到任一宇宙星系和任一時間點，也許他可以向百嵐聯盟詢問當初捕捉他靈魂的位置和時間，等到日後修煉有成，再回家探望家人……

種種思緒一閃而逝，而後又歸於平靜。

現在想太多也沒用，他現在才將《星羅萬象》修煉到一級中階，離高階還遠得很呢！

「原來這些就是傳說中的復活材料啊……」

小夥伴們想要上手摸，又擔心把東西摸髒、碰壞了，手懸空在物品上方，感受了材料發散的氣息後，就當作已經碰觸過了。

「這鳳凰羽毛真好看！」

「時光鳳凰屬於傳說中的存在，據說，牠具有引發時空洪流的力量，甚至可以改變整個星系的時間……」奧德里說出他對時光鳳凰的了解，「像這樣的一根羽毛，它裡面儲存的力量相當於燦星級！」

「那麼厲害？」

「時光鳳凰羽毛還可以用來製作成武器跟裝備……」晏笙補充道。

「它還可以作為伴生武器的食物，服用後，伴生武器有一定機率激發出新的天賦能力。」巴基跟著加入討論。

「其實這裡的東西都能給伴生武器吃。」晏笙笑道：「像是月光鹿的鹿毛，要是讓伴生武器吃了，有一定機率可以激發出『淨化』、『防禦』或是『免疫詛咒』的力量，要是直接將它佩戴在身上，可以用來阻擋惡咒和增加幸運值。」

晏笙分給眾人一人一撮月光鹿的鹿毛。

「鳳凰羽毛數量太少，不好分，月光鹿的鹿毛多，大家都可以拿到，你們以後總會去其他地方冒險，拿著這個可以預防一些看不見的手段……」

「謝啦！以後我看見適合你的東西，我再拿回來給你！」

「對！我也是！」

「我以後找很多好東西給你！」

阿奇納率先收下，其他人也跟著他收了。

他們這段時間收了不少晏笙的東西，都已經收到麻木了，原本因為東西太過珍貴而推辭過幾次，但晏笙卻對他們說，這些送出的東西對他來說，就跟送給朋友糖果、點心、飲料一樣，並不是什麼值錢的物品，而他也不會打腫臉充胖子。

也是，以晏笙的好運氣，得到這些物品就像是去自家後院採蔬菜水果一樣，輕而易舉。

只是他們也不能夠因為晏笙獲得容易，就可以隨便收下啊！

後來阿奇納見到小夥伴們糾結，便私下對他們說，要是覺得占了晏笙便宜，那就等以後能去其他地方冒險了，再找東西給他就行了。

想通這一點，小夥伴們這才不糾結了。

拿到鹿毛的小夥伴們紛紛將鹿毛餵給伴生武器吃下，強化伴生武器的力量，而後又嗷嗷叫地衝進試煉塔，繼續努力闖關，提高自己的實力。

一年後，一行人終於從墟境出來了。

跟進去之前相比，他們的實力都提高不少，有些人甚至晉級了。

實力最強大，又有晏笙供應各種資源補養的阿奇納，一舉提高到鉑金級後期，差一點就能摸到鑽石級的門檻。

晏笙也從白銀級跨入黃金級，總算可以擺脫虛弱、柔弱、脆弱的名號，變成「不太虛弱」的冒險者了。

用塔圖人的標準來說，就是「發育不良」的小崽子。

一行人出了墟境，並沒有各回各家，而是待在晏笙的領地中修整幾天，修裝的修裝、補充物資的補充物資，而後又集結出發，浩浩蕩蕩地來到南灣商港。

商港上人聲鼎沸，人潮和貨物川流不息，運貨的、登船的、結伴出遊的、交易買賣的，都擠在這方天地。

「晏笙！阿奇納！這裡！」

不遠處，月狐．明光站在柱子圍欄上方朝他們招手。

在月狐．明光身後聚集了一群聖薩曦族人，男女老少都有，除了他們之外，還有其他族群也是成群成堆地站在碼頭附近。

在晏笙他們還在墟境時，聖薩曦族長託人帶話給晏笙，說是他們新成長的族人將要去諸天戰場，詢問他們要不要同行？

諸天戰場是一個特殊的獨立世界，那裡有著自己的世界法則，世界法則以戰鬥為主，入了戰場的人擊殺敵人後，可以從那個世界中獲得相關獎勵，要是越級殺敵，或是得到百人斬、千人殺、萬人屠這樣的成就，還可以獲得天地元氣和「戰頁」，天地元氣可以增長本身的實力，而戰頁則是戰技相關的傳承。

不擅長戰鬥的人也不用灰心，只要他們能夠發明、研究出對於戰鬥有益的東西，像是武器、裝備、藥劑、魔法卷軸、陣法等等，就算只是研究出一道可以附加戰鬥屬性的菜餚，都能夠獲得世界法則的嘉獎，而且獎勵並不比殺敵獎勵低！

聽說有這樣的地方時，晏笙覺得相當好奇，而阿奇納他們也躍躍欲試地想要去體驗體驗，自然是答應了聖薩曦族長的同行邀約。

諸天戰場也不是誰都能去的，如同永望島的墟境一樣，要有一定的資格或是「入場券」。

晏笙是永望島的永恆貴賓，永望島在諸天戰場也是一方勢力，天然地擁有入場資格，可以帶人進去，人數上限是五百人。

而阿奇納的藍色貴賓資格，則是可以帶領一百人進入。

教頭他們所有人加起來也不到五百，便又叫了一些人過來，將這些名額湊齊。

剩餘的名額自然是經過一番競爭才篩選出來的，據說競爭相當激烈，參與者高達數萬人，可見這個諸天戰場的人氣有多麼高了！

——不是教頭們要跟孩子們搶名額，而是諸天戰場的危險程度比墟境高，屬於教頭這種等級的人才能去的地方，能讓孩子們參與是想讓他們開開眼界，不然他們一個都去不成！

「啾嘰！大爸、小爸！我好想你們！」

「嘰啾！大爸、小爸！啾啾！」

「嘰一！小寶想你們！」

三個寶寶齊齊飛向晏笙和阿奇納，撲入他們的懷抱。

三個孩子現在已經長大了一些，不再是以前的小不點模樣。

晏笙他們待在墟境的期間，也會託人寄信和送東西給三個寶寶們，只是相較於以往幾乎每天通訊的情況，他們跟寶寶們的聯絡顯然沒有以往頻繁。

幸好寶寶們待在族裡，有同族的小夥伴們陪伴，又有監護人的開導，以及老師刻意加重的學習課程，讓他們整天不是忙著玩耍就是忙著學習，這才度過思念期，慢慢成長起來。

「啾嘰！大爸、小爸，這是我做的寶石！送給你們！」大寶像是獻寶一樣地獻上他這段時間製作的能量寶石。

「嘰啾！二寶也有做！老師說我做的最漂亮！」

「嘰一！這是小寶噠！你們要帶在身上喔！」

考慮到孩子們還小，老師們並沒有讓他們製作太過危險的物品，都是以能量溫和、質地柔軟的寶石為主，附加的能量也都是祝福、治療、淨化、防禦這類的平和屬性。

大寶捏了個防禦屬性的小盾牌項鍊，二寶捏了朵治療小花胸針，小寶搓了一個不怎麼圓的戒指，屬性是祝福。

雖然孩子們的手藝不怎麼樣，東西的等級也低，但晏笙和阿奇納還是對他們誇了又誇，像是得到神級禮物一樣。

晏笙也將他給孩子們買的禮物拿出，帶有溫和能量的點心、糖果、零食和飲料塞了一堆，又有各種看似玩具，其實又兼具了護身和求救功能的裝備，以及一堆小孩會喜歡看的童書。

他還將月光鹿的鹿毛搓成細繩狀，編織成精美的手繩，給寶寶們一人一條戴上，當作祝福和護身的飾品。

一家子親親熱熱地膩了一會兒後，商港的廣播傳出了通知。

「注意！注意！前往諸天戰場的船已經靠岸了，請要前往諸天戰場的冒險者們準備登船！」

隨著廣播的通知，待在碼頭邊等待的人潮也行動起來。

在依依不捨的道別中，晏笙一行人登船了。

從商港出發，進入無盡海後，航行約莫一個月的時間，船隻停靠在大型島嶼前，這裡是一處中轉站。

島上設置了許多個傳送門，通過傳送門後，就抵達了一座大型城鎮。

這裡的人潮眾多，各種商店、設施一應俱全，往來行走的人都帶著一身悍氣和殺氣，身上的血腥味濃郁得幾乎要具現化。

「這裡是諸天戰場的後方城市，休息、修裝、補充物資、養傷都可以來這裡……」聖薩曦族的領隊介紹道。

「這裡的買賣都是用功勳點交易，你們在戰場上殺敵可以獲得功勳點，在戰場上獲得獵物、異植、礦石或是其他物資，都可以拿到這座城市販賣。

「要是你們不清楚價格，可以到前面那座高塔進行查詢，也可以直接賣給高塔……」

領隊指著看上去有數百層樓高，被連接天地的巨大光柱籠罩的高塔。

「那裡是諸天戰場的功勳點交易塔，裡面有各種戰技、知識、武器、資源，甚至是血脈、天賦、靈魂、身體、生命都可以兌換……」

「這些都能兌換到？好厲害！」

「那個交易塔是誰開的啊？」

「據說交易塔是諸天戰場本身的建物，是創造這個戰場的主人設置的東西。」領隊回道：「在這個諸天戰場，你們需要防備的不只是敵人，還有這裡的氣候，雷霆暴雨、颶風、沙塵暴、暴風雪、突如其來的毒霧、火浪、隕石雨等等，往往前一分鐘還是晴天，下一分鐘就有大量雷電落下，只有交易塔及其周圍方圓一千公里的範圍內是安全區，一切奇怪的天災都不會出現在交易塔附近……」

也因為這樣，戰場裡的冒險者據點都是繞著交易塔建立。

「不同的交易塔有不同的勢力鎮守，這裡是屬於永望島的交易塔，這座城市叫做『永望城』，相較於其他地方來說，這裡比較和平，偷拐搶騙這種事情比較少，但也不是沒有，你們自己要小心……

「城裡同樣有執法隊，那棟跟永望大廳長得一模一樣的建築物就是執法隊所在地，那裡會發布各種任務，同樣會給功勳點，而且執法隊的任務跟高塔不衝突，要是你在兩邊接了同一種類的任務，在執法隊和高塔都可以領取獎勵……」

接重複性質的任務是賺取功勳點最快、最偷懶的途徑，不過因為任務太多人搶，像他們這樣的新手，接到任務的機率不高，但領隊還是鼓勵他們去做，說不定會有新手好運呢？

介紹完畢，領隊轉頭看向聖薩曦族人，語氣嚴肅地說道——

「這是你們的成年禮考核，希望你們好好表現，不要讓先祖蒙羞。」

「是！」

聖薩曦族的成年禮考核，是讓年輕人在戰場上經歷過戰爭殺戮，他們並不要求自家後輩要殺多少人，畢竟他們也不是熱愛戰鬥的種族，但是這不代表他們可以逃避戰場的殘酷，至少要在戰場上繞一趟，感受一下戰場上的殺戮、血腥，並想辦法獲得一萬點的功勳點，這樣才算是完成成年禮的考驗。

第六章
諸天戰場

眾人在永望城租賃了兩個小區，兩個種族比鄰而居，而因為晏笙是永恆貴賓的緣故，租金便宜很多，只需要一半的費用即可，而且還可以延後幾天交付。

——沒辦法，他們才剛抵達這裡呢！哪來的功勳點付房租？

「先去兌換一些吧！」

領隊拿出一盒原先就準備好的能量寶石，這是族裡給他們的原始資金。

「不是這裡的資源，也能兌換嗎？」晏笙有些訝異，他還以為需要先去外面獵殺怪獸然後再拎著怪獸回來兌換功勳點呢！

「不用那麼麻煩。」領隊聽了他的想法後，笑道：「外面拿進來的東西也能兌換，不過這裡的兌換價值跟外面不同，戰場這裡價值最高的是各種療傷藥劑，裝備和武器的價值偏低，因為戰場上的魔獸骸骨打造出來的武器裝備比外界更好……」

「那食物或是日常用品呢？」

「這些的價值也不高。」領隊搖頭，「在戰場上獵殺怪物時，怪物會掉出不同顏色的能量果實，這些能量果實可以充當食物果腹和解渴，還能夠補充消耗的能量，比一般食物好多了。」

「只有水果……吃得飽嗎？」阿奇納面露糾結。他們塔圖一族可是大胃王的存在，而且在他的實力提高後，他的食量也跟著增大不少，他真是很擔心打架打到一半餓肚子！

「這裡的能量果實跟外面的能量果實不一樣，這裡的能量更加精純豐沛，飽足感很強。」見阿奇納還是不太相信的模樣，領隊乾脆以自己舉例，「拿我來說，我平常一頓飯大概是吃一百斤的蔬果，可是換成這裡的能量果實後，我一頓飯大概吃個二十斤左右就夠了……對了，這裡的能量果實，每顆都有一、兩斤重。」也就是說，領隊一餐只需要十幾、二十顆能量果實就足夠了。

「阿奇納，你要是擔心吃不飽，那就多買一些食物帶在身上嘛！」旁邊的小夥伴說道。

「你有晏笙跟在身邊，還怕吃不飽？」索克爾調侃道。

「我怕我跟晏笙走散啊……」阿奇納苦惱地回道。

戰場上的情勢複雜多變，誰知道會發生什麼事呢？

「我聽說你們也吃礦石對吧？」領隊笑問：「這裡的能量礦很多，幾乎遍地都是，高等級的有勢力看守，不好接近，不過低等級的能量礦石隨便挖都有，能量水晶、能量玉髓、能量花……要是你們不挑嘴，這裡的能量礦足夠你們吃的。」

「那就好。」阿奇納鬆了口氣。

雖然低等級的能量礦雜質多、口感不好，可是有得吃總比沒得吃要好。

剛抵達的幾天，晏笙和阿奇納等人並沒有立刻前往戰場，而是在教頭的帶領下，熟悉著永望城和周邊環境。

要是不出意外，他們會在這裡待上很長一段時間，對這裡要有一定的了解和熟悉，往後才不會出亂子。

「越重要的行動就越要安穩，慢慢來，不能急。」巴基認真地叮囑道。

「教頭，你們不是已經來過戰場了嗎？」索克爾困惑地問道。

他以前經常聽到，族裡的某某人跟團去了戰場，拿到好東西、賺了大錢，又或者是被坑了一筆星幣還受了重傷回來……

在幼崽的心靈中，戰場是一個神秘、危險、有好多寶物也有好多壞人的地方。

「我們沒來過這裡。」巴基搖頭笑道：「宇宙中的戰場很多，有的資源多、有的資源少，有的很危險、有的很荒涼……」

「你們這群崽子很幸運。」布落姆笑著揉亂了阿奇納的頭髮，「第一次上戰場就是這種高級戰場，有一堆寶物等著你們去爭取，還有安全城可以待，我們以前去的戰場可都是要靠自己躲、自己藏，進去安全城還要繳高額的進城稅……」

就算繳稅進城，安全也沒有保障，要是被人知道你有好東西，或是那些安全城的官員看上你的某件物品，坑矇拐騙、強取豪奪，各種手段齊出。

噁心一點的還會亂扣帽子，給你冠上一個莫須有的罪名，然後你就成了他們的階下囚，甚至是奴隸……

即使如此，他們還是無法輕易放棄這些戰場，因為這些戰場的入場資格和途徑、相關資訊都是祖先們披荊斬棘地開拓出來的，其中付出的血淚難以計數。

巴基他們留在永望城的原因之一，就是搜尋這個戰場的入場資格，也就是所謂的「通行證」。

別看他們順順利利就進入了諸天戰場，完全沒有經過任何審查，其實晏笙和阿奇納的貴賓身分就是他們的通行證！

戰場本身是一個獨立的小世界，外部籠罩著隔離外界的屏障，需要擁有通行證才能進入，就如同進入墟境需要有命運金幣一樣。

按照巴基他們的過往經驗，獲取通行證的途徑有兩種，一種是向某人或某組織採購，另一種是從戰場上殺敵取得。

巴基他們在永望城調查過後，發現這裡也是一樣，可以在戰場上打怪獲得，也可以用功勳點購買，而且這裡的購買途徑更加正規，是直接跟交易塔購買的，不用擔心會被人惡意哄抬價格，也不用擔心會被人騙錢、買到假證。

交易塔將通行證按照不同的人數和停留時間定出不同的售價，全都白紙黑字地公告在交易頁面上，讓人一目了然。

像晏笙這種永恆貴賓等級，他和他帶來的人可以在戰場上免費待五年，五年後就要買通行證，而阿奇納的藍色貴賓等級則是可以在這裡待半年。

巴基等教頭決定先摸熟這裡的情況，努力賺取功勳點、購買通行證，再將收集到的資訊傳回百嵐聯盟，為部落和百嵐聯盟經營出一條新通路。

「我們可以直播啊……」晏笙提議道。

用直播的方式將資訊傳回百嵐聯盟，不是可以更直觀、更清楚地了解這裡的情況嗎？

「百嵐的直播在這裡不適用。」奧德里回道。

就如同永望島有永望島專用的星網一樣，每個星球、星系都有自己的勢力籠罩範圍，外人來到這裡，只能轉換成當地的星網系統，無法使用自己的。

「我的星網沒問題，可以直播……」

晏笙點開自己的系統後，才後知後覺地發現，他用的是永望島的系統，不是百嵐的。

「這裡是永望城，他們的系統自然是暢通的。」奧德里理解地說道。

在陌生地區建設城市，建立武裝防禦和保持通訊暢通是擺在前頭的首要之事，前者可以保護自家城市，後者可以跟後方保持聯繫。

說得難聽一點，把通訊維持好了，要是在戰場上遭遇了意外，也還能將遺言傳回去。

「要不，我來開直播吧！」晏笙毛遂自薦道。

一開始他只是想著，阿奇納他們在墟境待了那麼久，之後又跑來戰場，都沒有回家，他們的家人肯定很擔心，也會很想念，後來他的思維跟教頭對上了頻道，想起這裡是戰場，並不是遊樂場或是觀光景點，要是他們在這裡遭遇到什麼意外……

有直播在，至少能將他們最後的影像記錄下來，讓他們的家人留念。

「我剛才問過永望島的系統了，它說，它可以連通我的天選者直播間，只要我的直播間開著，其他人就可以透過我的系統網路，開啟自己的直播間，讓他們的親人都能看見……就像你們以前觀看次元星域的直播一樣。」晏笙說道。

這種情況類似於，晏笙的直播間是主網路，其他人則是他的共享資源。

「好好好，那就太好了！」巴基樂呵呵地連連點頭。

「是啊，這樣我們就不用寫一堆報告了，直接讓他們看直播就行了。」布落姆直白地說出大多數教頭的想法。

對於以戰鬥為主的人來說，叫他們寫一堆書面報告根本就是酷刑！

現場的教頭之中，也只有奧德里會甘之如飴了。

不過在進行直播之前，他們還是先去詢問了這裡的執法隊，確定這邊能夠直播，不會觸犯到什麼規矩和禁忌，這才放心地開啟直播間。

晏笙的直播間一開啟，不到一分鐘就湧入上千位觀眾。

「咦？怎麼有這麼多人？」

晏笙大感訝異，他還以為需要等上一、兩個小時才會有人進來呢！

對於他的疑問，觀眾們嘻嘻哈哈地解釋，因為晏笙是百嵐聯盟的榮譽公民，還是幾個部落的榮譽長老，直播間對於這種特殊身分的人會設置特別提醒，讓民眾可以第一時間獲知他的消息。

除此之外，也有不少本身就喜歡晏笙的人，對直播間設置了重點關注，才能夠這麼迅速地進入直播間。

回答完晏笙的疑問，觀眾們又問晏笙現在在哪裡？

「我們現在在諸天戰場喔！」晏笙指揮著系統，讓它拍攝周圍的景物，「這裡是永望城，永望島在戰場建設的基地。

「我旁邊這座高塔是交易塔，這座交易塔並不是人……呃、並不是我們這些外人建造的，聽說它跟戰場是一體的，是建造諸天戰場的人建造的，裡面有很多好東西可以交換喔！我帶你們進去看看。」

晏笙進入交易塔，一樓是大廳，可以看見不少人或站或坐地待在小光柱裡頭，身形模糊，外人完全看不見他們在進行什麼交易。

「待在這裡的期間，不出意外的話，我們都會一直開著直播。」晏笙小聲地對著鏡頭說道：「我們現在分散行動了，其他隊員也有開直播，大家對交易塔不感興趣的話，也可以去看其他隊員的……」

觀眾們紛紛回道：不，我們對交易塔感興趣！快帶我們看看這裡的東西！

晏笙笑了笑，在周圍找了一圈後，走進一個沒人的光柱裡頭。

說也奇怪，這個隔絕外人窺探的光柱，竟然不隔絕直播，晏笙點開的交易品頁面，觀眾們全都看得一清二楚。

「用來兌換的功勳點，可以經由殺敵和殺怪獲得，也可以在戰場上收集藥草、礦石、魔獸這些東西，拿來交易塔交換成功勳點……」

晏笙一邊介紹這裡的交易貨幣，一邊點開交易通行證的頁面。

——喔喔喔喔！通行證！這裡的通行證竟然可以跟交易塔兌換！

——停留一個月的通行證，只要一千點功勳點？這應該很好賺吧？

——要是功勳點好賺，可以讓巴基他們先兌換期限一個月的通行證，先讓一批人過去，然後再繼續賺功勳、換通行證，擴大我們在那裡的人數……

——晏笙，看看物品兌換功勳點的頁面，我們比較一下這裡的兌換情況……

——等等、先等等！我先將這個頁面拍下來，等一下做個對照！

——對對！先拍下來，免得等一下要反覆換頁面！

晏笙順著觀眾們的意見，在他們擷取了通行證的兌換畫面後，將頁面轉換到物品兌換功勳點的位置。

想了想，他又點開交易塔的公告，公告上有著獲取功勳點的途徑，以及隨著獲取手段不同，功勳點的對應變化。

——好多好東西，可惜買不起……〔嘆氣〕

——竟然還有血脈精血可以買？這個用了真的就能改變血脈嗎？〔驚訝〕

——要看屬性喔！如果你買到互斥的血脈，兩股力量會在你體內發生衝突，好一點的就是廢掉一個血脈，運氣不好就是直接炸死了。

——我建議大家買血脈提純藥劑，不要買新的血脈，畢竟血脈源自於種族和火種，是我們的來源，換新血脈不就等於廢掉自己的過往了嗎？

——也不一定，本身的種族具有吞噬天賦的，反而可以買少量低等級的血脈精血吞噬，強化自己的力量……

——要是這些血脈精血有原主人的意志存在裡面怎麼辦？我聽說有些種族會在自己的血脈精血加入一絲精神力，要是有人使用了他的精血，就有可能被操控！

——販賣頁面最下面有一行小字，寫了「血脈精血都是提純過的，剝奪了原主人的意識」，這表示這些血脈就跟補藥差不多，不用擔心，我們不也會偶爾喝一些其他種族的精血嗎？

——要是擔心，也可以買溫和的、輔佐屬性的血脈精血給伴生武器喝，伴生武器是純粹的能量體存在，不管吃什麼都是在補充能量，不用擔心它爆體！

——一隻白銀級的魔獸可以換到七十點，殺死跟自己同等級的敵人，可以拿到跟自己等級相同的功勳點，白銀級同階戰鬥可以獲得一百五十點，嘶……這樣看來，殺人比較好賺啊！

——白銀級一百五十點、黃金級一千一百點、鉑金級五千五百點、鑽石級一萬五千點、燦星級十三萬點……

——看樣子，這個戰場應該是鼓勵殺敵戰鬥以及越級戰鬥的，在同等級的情況下，殺魔物獲得的功勳點比敵人少好多。

——而且殺人還可以拿到百人斬、千人殺、萬人屠這樣的成就稱號，還可以額外拿到天地元氣和「戰頁」獎勵……

——嘶！竟然連戰技都當作獎勵贈送，這個戰場的製造者到底是什麼大神啊？

——說不定是某種族特地設置給族裡後輩的試煉場，而我們這些人就是陪他們磨刀歷練的磨刀石……

——能拿到這麼多好東西，別說當磨刀石了，當砲灰我也願意！

雖然百嵐人是開玩笑地在說這些話，但是晏笙也能感受到他們的認真。

這樣的反應讓晏笙想起曾經看過的百嵐聯盟歷史，百嵐聯盟原本是一群被追殺、追捕的「下等種族」，百嵐的祖先們拚了命地努力，靠著一堆破銅爛鐵的武器裝備，以及不怕苦、不怕難、不惜犧牲的鐵血和堅韌，最後終於成為這個星系的一方勢力……

即使現今已經步入相對安穩富裕，百嵐聯盟還是不斷地努力著，希望讓下一代過得更好、更強大、更加富足！

晏笙相信，百嵐聯盟現在有了進入諸天戰場的機會，為了下一代能夠擁有更美好的未來，即使要付出大量的犧牲，他們也會願意！

一時之間，晏笙真不曉得帶他們過來這裡是對是錯。

觀眾們不清楚晏笙的感慨，依舊討論得熱烈，螢幕上彈幕滾滾，幾乎每秒都有一堆新彈幕出現。

——你們看！要是越級戰鬥，跨越一級可以拿到十倍獎勵，跨越兩級可以拿到五十倍……

——道理誰都知道，可是跨等級殺敵你以為有那麼容易嗎？一個等級一個檻！〔嘆氣〕

——如果是一群低等級的圍殺一個高等級的呢？加上道具輔佐，我覺得殺死一、兩個沒問題！就算最後獎勵是均分的，那也值得了！

——這個主意不錯，可以試試！〔點頭贊同〕

——嗚嗚嗚！沒想到在我有生之年，還可以遇見這麼慷慨的戰場！我一定要去這個戰場浪個幾圈才甘心！晏笙，這是我一生的心願，你一定要答應我！讓我去戰場！︹跪地哀求︺

——啊呸！不要臉！你也不過才成年不久！說得好像你快要死了一樣！晏笙，你別理這個小騙子！︹看見我血淋淋的長刀了嗎？︺

——別管那些年紀小的，我已經兩百七十九歲了，應該要把機會給我……

——這位是達加斯芬魯亞薩部落的吧？我記得你們部落要到三百歲才算成年，你還是個崽崽呢！

——對啊！我剩三年就成年了啊！到時候我就該外出歷練了，我們族的防禦力最強，還能激發保護群體的防護罩，讓我去戰場，我可以保護大家！︹看我的金鐘防護罩︺

——我我我我我是靈迦部落，晏笙笙，我可以預知、預判和占卜，可以幫大家避開危險喔喔喔！選我選我選我！

——我會飛！晏笙長老，要是遇到危險，我可以帶你飛喔！︹星星眼︺

——呵，美比亞菲部落能帶人飛行？用你們那漂亮又脆弱的小翅膀嗎？︹挖鼻孔︺

——噗！我腦中浮現一個畫面：嬌小的美比亞菲人在遇到危險時，用他們那嬌小的身體、纖細的手臂拚命拖著晏笙離開嘎哈哈哈哈哈！美比亞菲飛不高，只能拖著晏笙走嘎哈哈哈哈哈……

——天空可是我們達古拉鷹族的領域！︹一翅膀搧飛你︺

——……就算你們羨慕嫉妒，晏笙還是我們族的榮譽長老！︹得意地撥瀏海︺

——哈哈，怎麼覺得現在像是一群人在爭寵呢？

——爭什麼爭，最受寵的不是阿奇納嗎？

——就是說啊，瞧瞧阿奇納和塔圖，從晏笙那裡得到多少好處了？我們在這邊爭去戰場的名額，人家早就已經在戰場了！

——之前還跟著去一個新墟境呢！

——酸什麼酸啊？阿奇納也對晏笙很好啊！以真心換真心，有什麼不對？

——就是說嘛！人家塔圖也不是什麼都沒做，之前晏笙還在次元星域的時候，塔圖就建議讓他提前成為公民，結果某些部落不肯，還說塔圖收了晏笙的好處，這才給晏笙說話，好啦！人家直接去了永望島，當上永恆貴賓了，這才眼巴巴地送了榮譽公民過去，嘖……︹撇嘴︺

——還有啊，之前有一堆人眼紅晏笙拿到那麼多好處，上竄下跳的，想暗地裡做壞事，不也是塔圖將他保下來的？人家可沒拿這些背地裡的事情去跟晏笙邀功，命運金幣該給多少就給多少！

——別說了，再說下去又有人要上竄下跳了。〔大笑〕

——哼，晏笙現在可不是黑戶了，他是永望島的貴賓，也是百嵐的榮譽公民，我倒要看看誰敢對他亂來？

——那些人身分再強大，也保護不了他，別忘了，晏笙的體質和戰鬥力……

——不怕！有阿奇納在！

——說到阿奇納，怎麼沒看見他在晏笙旁邊？他們兩個不是形影不離的嗎？

——哪有形影不離？現在不就離了嗎？

——我知道、我知道！阿奇納他們跟布落姆教頭在執法隊那裡接任務！

觀眾們發彈幕聊著，晏笙也收到不少私訊，有的要他多多鍛鍊自己、強大自己；有人透露了以往某些人想針對他的情況；有人安慰著他，並向他解釋雖然有人想針對他，但也有不少人喜歡他、願意站在他這邊保護他，讓他不要因為那些人傷心；有人提出各種利益和好處作為交換，想取得第一批進入諸天戰場的通行證……

看著這些訊息，晏笙挑了幾個回應，剩下的一笑而過。

他不是星幣，不可能被所有人喜愛，能遇到阿奇納、大寶他們和這群熱情、友善的朋友，他就已經很滿足了。

當晏笙走出交易塔時，阿奇納他們也來跟他會合了。

「我們接了好多任務，有清剿周圍的怪物，也有收集材料、製作藥劑、跑腿送貨、幫忙整理二手裝備的……」阿奇納興匆匆地跟晏笙分享任務內容。

「我在交易塔裡面也接了任務，任務內容跟你們的有些類似，不過我這裡還多了一個《探尋火翼遺跡的秘密》的任務。」

「遺跡？」

「遺跡！有遺跡嗎？」

「聽說遺跡裡面有好多好多東西！」

「有地圖嗎？有給目標或是線索嗎？」巴基好奇地湊上前來。

「它有給一張很簡略的地圖。」

晏笙拿出他得到的地圖，上面只簡單地畫了幾個線條、圈了幾個區域，並在目標位置用「◎」作標記。

「……這地圖誰看得懂啊？」阿奇納滿臉嫌棄。

「地圖旁邊的花紋是什麼？」普普海鷗指著地圖左手邊，像是鑲邊的花紋。

「不知道。」晏笙搖頭。

「應該只是花邊吧？聽說有些貴族就喜歡把東西弄得花花的。」索克爾不以為意地說道。

「不，這個應該是字謎。」奧德里仔細看了一會兒後，說道：「某些種族會用特殊的文字和暗語來作為地圖的指引。」

「字謎？所以我們還要猜出這些文字說什麼，才能找到遺跡？」

「這些字誰知道是哪個種族的啊？要是猜不出來，任務不就失敗了嗎？」

「要是晏笙同意，我可以將這些字謎上傳給研究語言的學者，請他們幫忙翻譯。」奧德里主動提議道。

「那就麻煩教頭了。」

晏笙乾脆地點頭答應了，要是不找外援，他就算對著地圖想一輩子也想不出來。

「請問翻譯的酬勞需要多少呢？要現在就支付嗎？」他確認地問道。

「這要等對方看過以後再說。」奧德里將地圖拍攝下來，上傳到學者群裡頭。

「這個任務要是失敗了，會不會有懲罰啊？」阿奇納擔心地看著晏笙。

「沒有懲罰，也沒有期限。」晏笙就是看見這兩點，這才將這個任務接下的。

「咦？還有沒有期限限制的任務啊？」普普海鷗瞪大眼睛，「我們接到的任務都是有時間限制的呢！」

「我在查看任務的時候，這個任務突然跳出來，我的手不小心碰到，就接下了……」

意外接下任務時，晏笙也被嚇了一跳，膽顫心驚地查看任務內容，確定沒有期限和懲罰後，這才鬆了口氣。

「這個任務好像是唯一性的，我接了以後，這個任務就從頁面上消失了。」

交易塔的任務分為兩種，一種是可以不限人數、重複接洽的任務，像是清剿周圍怪物、擊殺敵人、收集資源等等，這種任務誰都能接，而能不斷地循環迴圈；另一種具有唯一性，某個人接了任務後，這個任務就會自動消失，這種唯一性質的任務，給的功勳值都比重複任務高。

「上面沒有標注獎勵……」阿奇納關注到這一點。

「沒關係，反正完成的機率也不大。」晏笙倒是不在意。

「有幾位學者接下這個翻譯任務了。」奧德里看著回覆的訊息說道：「他們說這似乎是上古族群的語言，只是目前不確定是龍族、海族、巨樹族還是精靈族，需要進一步查資料才能翻譯……」

「那他們有說要多少酬勞嗎？」

「學者們說，如果可以的話，希望能兌換上古相關的知識或是現在的已經斷了傳承的種族文化給他們，要是兌換的價值超過市價，他們也願意拿出東西補貼……」

「可是我們也不確定兌換的是不是他們想要的。」晏笙有些苦惱。

「這一點不用擔心，學者們會將他們想要的東西列出清單。」奧德里回道。

「那就好。」

雖然對這個遺跡任務頗感興趣，但是想找到遺跡也要等翻譯結果出來再說，眾人便決定先去進行其他有時限的任務。

第七章
龍族謎語

一個月過後，阿奇納他們迎來了一批新人。

經過一個月的努力，他們一共兌換到兩百三十七張通行證，期限是一個月。而獲得通行證的人在進入諸天戰場後，需要賺取通行證的功勳點還給阿奇納他們，又或者是用其他等價值的東西贈送，不會讓阿奇納他們吃虧。

新人抵達後，在永望城待了幾天，熟悉這裡的運作模式後，隨即跟其他教頭往前線戰場奔去，沒有繼續待在永望城。

在他們離開幾天後，奧德里收到了學者們的翻譯回覆。

白火小兵守護著大門，
藏於幽夢與碧海的交界，
光與暗，白與藍，還有難以捉摸的時光迴廊，
星辰銀河、知識傳承都比不上龍族心愛的寶藏，
夢幻石、黑精金、時光沙、永生花、靈魂寶石……
猜一猜，哪種才是赤色君王的最愛？
不要覬覦，銳利的爪牙會撕裂貪婪者，
熊熊火焰會焚燒骯髒的靈魂，

灼燒，輾平，踩碎！讓小偷消失於天地間！
赤色君王討厭卑鄙的竊盜者，喜歡大方的客人……

「……」

看完學者的翻譯後，所有人陷入茫然與沉默。

「這都……什麼跟什麼啊？」

「為什麼這謎語都已經翻譯了，我還是覺得很謎？」

「學者說，這是上古龍族語。」奧德里說道：「正好他們的研究群裡頭有龍族後裔，對方回族裡詢問了長老，又去翻了龍族的藏書庫，這才勉勉強強把意思翻譯出來。」

學者還說，龍族向來不喜歡詩詞文學，這位上古龍族竟然採用詩詞當作謎語，算得上是上古時期的文藝龍了，至於這詩寫得好不好……

反正按照龍族後裔的文學素養來看，這位不知道隔了多少血脈的龍族老祖先的詩，是他見過的龍族詩中寫得最好的！

「這要怎麼找啊？連個方向都沒有！」

在這裡待了一個月，他們已經知道這個諸天戰場面積遼闊，有著各種地形地貌，就連駐紮在這裡多年的執法隊，都不敢說自己已經把戰場走遍！

「你不要擔心。」阿奇納寬慰著晏笙，「反正這個任務也沒有期限，等我們能夠離開這裡，去戰場前線了，再跟那邊的人打聽打聽。」

「沒事，我不急。」晏笙不在意地笑笑。

這個任務的難度太高了，他一開始就沒指望能完成這個任務。

想想看，要找到這樣的地方，實力需要足夠強大，這樣才能在危機重重的諸天戰場上穿行。

晏笙根本不指望自己能變成橫掃四方的高手，也不希望阿奇納他們為了這個任務去冒險，能找到目的地自然好，就算找不到，他也無所謂。

「那、我們今天還是要去清掃怪物啊？」索克爾有些興致缺缺。

即使最初對諸天戰場充滿好奇，在這裡待了一個月，他們也已經將永望城及周圍區域跑遍，再美好的景色都會看膩，更何況這裡的景色也不美！

「這裡好無聊，好想去前線看看……」恩伊瑪鼓著腮幫子說道。

「不可以，教頭會生氣的。」普普海鷗連忙搖頭阻止。

為了不讓他們這群崽子亂跑，奧德里和巴基留了下來，沒有跟隨大部隊去戰場。

恩伊瑪回他一記白眼，「我知道，我們太弱了嘛！要是去戰場，肯定馬上就被滅了。」

他們的實力太弱小，被限制不能離開永望城周圍，之前有幾隻小崽子膽大妄為，跑離了交易塔的庇護範圍，隨即遭到魔獸攻擊，要不是發現得早，及時把人救回來，這群崽子就要喪命在這裡了。

在那之後，教頭們就將阿奇納他們看得更緊，甚至讓直播間的家長和觀眾們盯著他們，要是有人有異動，長輩們就會立刻通知教頭，然後教頭就會直播「打崽子」，把他的屁股打開花。

對於這樣的行為，崽子的父母親友並不反對，在他們看來，屁股開花總比沒命來得好！

後來晏笙看不慣這樣的體罰方式，就建議教頭們讓崽子們抄書或是背書，這樣一來，不僅能達到懲罰的目的，還能讓崽子們學習知識，一舉兩得。

教頭和家長們覺得這樣的懲罰力度太輕，但是實際施行後卻發現，這個懲罰相當有效！

對於活潑好動不愛念書的學渣崽崽來說，抄書和背書是萬惡深淵，被懲罰的崽崽一個個叫苦連天，一些被體罰都沒哭過的崽子，卻在抄書時嚎啕大哭，委屈巴巴地說自己再也不敢了。

學習到新的懲罰知識的教頭和家長們喜出望外，於是這套懲罰就很快地在百嵐各族擴散開來，一批又一批的崽子們陷入學習深淵，個個嗷嗷叫地哀號。

而「發明」出這套懲罰的晏笙則是連續打了好幾個噴嚏，卻完全不知道這是崽子們傳遞來的「怨念」電波。

「你怎麼了？聞到什麼怪味嗎？」阿奇納關心地詢問。

他從沒見過晏笙一連打這麼多噴嚏，向來身體強壯的阿奇納並沒有往生病的方向想，只以為晏笙可能是聞到什麼奇怪氣味，在他小時候，他的父母逗弄他，曾經拿過一種臭臭鬼給他聞，聞了那東西的氣味後，阿奇納也是像晏笙這樣不斷地打噴嚏。

阿奇納也小心地嗅了嗅周圍，卻沒聞到有什麼特殊氣味。

「我們塔圖的嗅覺可是相當敏銳的，不可能有你能聞到、我聞不到的氣味啊！」

「不一定喔！」木克里里反駁，「聽說有某些特殊氣味只有特殊種族才聞得到！其他種族都是聞不到的！」

「真的嗎？那我聞聞……」

其他種族的小夥伴也吸了幾口空氣，同樣沒有察覺。

「都沒有啊……」

「科科科，我只聞到泥土味……」

「有啊，有血腥味！」索克爾耿直地說道。

「廢話！我們剛剛才殺了幾隻怪獸！戰鬥的痕跡都還在呢！」

「晏笙是聞到什麼氣味啊？」

晏笙尷尬地揉揉鼻子，「沒有怪味，我只是突然打噴嚏而已。」

「我聞到了！這裡有大海的氣味！」普普海鷗興奮地大叫。

「大海？」

「這裡是小樹林，怎麼會有大海？」

眾人難以置信地環顧四周，他們現在來到城外進行任務，附近除了森林就是平原、丘陵，根本不靠近海洋。

「你是不是聞到河水的氣味啊？」阿奇納記得，前方不遠處有一條河流。

「才不是，我怎麼可能分辨不出河水跟海洋的氣味！」普普海鷗憤怒地吐出一堆氣泡，「是真的海洋氣味！氣味很淡，我的實力晉級後，強化了水系能力，這才能感應到的！」

「可是這裡真的離海邊很遠啊……」

他們之前在交易塔購買了這個區域的簡易地圖，方圓萬里都沒有跟海洋接壤，普普海鷗的嗅覺再厲害，也不可能聞到萬里以外的海洋氣味吧？

更何況，萬里以外是不是有大海，那還是個未知數呢！

「我沒有說謊！我真的聞到了！」普普海鷗氣得眼眶泛紅。

「我們也沒說你說謊啊……」

「會不會是在地底下呢？」晏笙想起以前學過的地理知識，地底下有水層，也可能有海洋層。

「地底下？」

「有可能喔！」阿奇納第一個站出來支持晏笙的說法，「我之前不小心摔到地洞裡，那地洞裡面有一個小湖，湖裡面是海水！還有海魚！」

「地底下還有海嗎？那有沒有海獸呢？」

崽子們又是好奇又是興奮地說道。

「我們要不要找找看？」

「可是上次邦土巴他們……」

私自跑到交易塔安全區外的那幾隻崽子，在經過醫治後已經被送回去養傷了，聽說現在都還沒完全康復呢！

「他們是自己偷跑而且跑離安全區太遠，我們有教頭陪著啊！」索克爾滿是希冀地看著奧德里和巴基兩位教頭，希望他們可以答應這次的行動，其他崽子也雙眼發亮地看著教頭，希望他們能夠同意。

巴基挑了挑眉，沒有表態，而奧德里也是沉默著。

兩位教頭雖然沒有同意，但是看他們的神情也不像不高興，崽子們決定再接再厲，繼續鼓吹說服他們。

「普普海鷗都已經能夠聞到氣味了，那個地方應該不遠吧？說不定就在安全區附近呢？」索克爾朝普普海鷗使眼色，讓他配合自己。

「對！我的嗅覺範圍是七、八百公里左右，有海的地方應該不遠。」普普海鷗連連點頭。

「我們現在也比剛來的時候厲害了，吃了好多好東西，身上的裝備也都換新的，應該沒有問題……」阿奇納跟著附和。

「可是要怎麼找地下的海？挖洞嗎？我們沒帶工具啊……」某崽子憨憨地問道。

「笨吶！我們變回原形挖洞不就行了？別跟我說你小時候沒有挖過坑、埋過東西！」

「要用原形挖啊？這樣身上的毛毛都會黏上沙土，我昨天才剛抹油護理過呢！」

「要是要挖很遠、很深呢？爪爪會磨鈍、磨傷的，我前幾天才修剪過爪子……」

「戴上爪套挖吧！」

「先讓普普海鷗聞著氣味找，等到了氣味最濃郁的地方我們再開挖，這樣應該不用挖很久，說不定那裡正好有個地洞呢？」

晏笙……你們這是把普普海鷗當成搜尋犬嗎？他可是人魚啊！

普普海鷗並沒有意識到這樣有什麼不對，還很高興地拍胸膛保證，他一定能找到氣味源頭。

實力成長了，裝備更新了，還有搜尋魚帶領，似乎都已經準備妥當了，教頭應該會答應？

「要是出了安全區範圍也不要緊。」晏笙將最後一個缺口補上，「我們都有買傳送石，要是遇到危險，可以直接傳送回交易塔。」

有了傳送石，就算遭遇危險，那也只是受傷而已，不至於有性命之憂。

嗯，好像方方面面都設想齊全了，崽子們再度雙眼閃閃發亮地看著兩位教頭，希望能夠獲得他們的認可。

對上崽子們渴望的神情，巴基終於鬆口了。

「行吧！帶你們走一趟，不過你們一定要聽從指揮，我叫你們跑的時候要立刻跑，聽到了嗎？」

「聽到了！」

崽子們齊齊應聲。

其實就算今天阿奇納他們不說，巴基和奧德里也在規劃，要開始帶著崽子們離開安全區，進行進一步的實力測試。

總不能因為先前有崽子受傷，就一直把他們留在安全區裡，這對他們的成長來說沒有好處。

一群人順著普普海鷗的指引往外走，他們走得並不著急，中途遇見了野獸、魔獸還會停下來宰殺，見到有價值的藥草、植物也會停下來收集，這些可都是功動值，是他們待在諸天戰場的根本，絕對不能忽視了。

「現在我總算可以理解，為什麼我阿爸聊到他以前冒險時，除了殺怪就是囤貨了……」

「我阿兄也是，他每次回來的時候，身上都帶了好多零零碎碎的東西，就連骨頭跟土塊也帶回來！」

「哈哈，我阿叔還說，他們去了戰場就像是儲鼠族，不斷地收東西、藏東西、囤東西……」

「養家真的不容易啊！」

「我以後會節省一點，把飯……還有所有的菜都吃光光！」索克爾握著拳頭，彷彿下了多麼重大的決定一樣。

「你什麼時候沒吃光過？」旁人吐槽。

「有！他不愛吃青菜！每次都剩下好多！」

「你不也一樣！」

「我阿爸說，吃肉會變強壯，又沒說吃青菜會變強壯！」

「以後我不浪費菜了……」索克爾頓了頓，又有些糾結地道：「以後看到不喜歡的菜我就分給你們。」

「為什麼我們要吃你不喜歡的菜啊！」

「我也不喜歡吃菜！」

「可是不吃菜，便便會大不出來，很難受的！」

「可以吃水果跟礦石啊！」

「好像也可以吃一種油果子……」

「噫！吃油果子不好，拉出來的便便都好臭！」

先前還少年老成地說著「養家不易」，一轉頭就聊起了哪樣青菜難吃、哪樣青菜帶著甜味，而後又瞬間轉成便便話題，讓旁觀的教頭和直播間觀眾頗為哭笑不得。

一路上走走停停的，差不多半天的時間，他們來到了安全區的邊界。

「還要再往前一點點……」普普海鷗使勁地嗅了嗅，專注地判斷距離，「差不多再一公里左右就到了。」

一公里聽起來不遠，但是那明顯已經跨出了安全區範圍。

「一公里而已……」這點距離，要是遇上危險，可以立刻跑回安全區。

崽子們在心底補完後面的話。

看著安全區外那明顯不同的景色和土壤顏色，以及遠處時不時出現的天象異變，阿奇納等人再檢查了一次身上的裝備，又往嘴裡塞了幾口能量晶石，補充這一路上流失的體力和能量。

一切準備就緒，阿奇納領在前頭，小心翼翼地跨出了第一步。

「轟隆！轟隆！」

烏雲急速籠罩而下，伴隨著雷鳴閃電。

金色電光一道道地落下，像張牙舞爪的蛇，對著牠的獵物張開了獠牙大嘴。

阿奇納反應迅速地縮回腳，就只差那麼一點點，他的腳就會被雷電劈中了。

然而即使沒有直接命中，雷電周圍聚集的電能也還是讓阿奇納的腳一陣酥麻。

「阿奇納！你的頭髮！」

「阿奇納炸毛了哈哈哈哈……」

是的，僥倖沒有被雷電劈壞一條腿的阿奇納，還是受了些許小影響，他的頭髮就像沾染了靜電一樣，根根豎起，讓他的頭髮變成一顆炸開的毛團。

阿奇納的滑稽模樣引起眾人哄笑，先前那因為雷霆閃電而帶來的緊繃感瞬間消散不少。

「你、你們別笑！不過是炸毛！你們沒炸過嗎？」

阿奇納氣得直跺腳，手上胡亂梳理著頭髮，卻是將頭髮越弄越亂。

「我來吧！」

晏笙笑著上前救援，用護髮精油將頭髮的毛躁和靜電去除，一些打結的地方用小剪刀修剪，再用梳子細心地梳理整齊。

很快地，炸毛的阿奇納又變回油光水滑、皮毛光亮的小王子了。

在梳毛的這段期間，外面的雷霆也逐漸散去，等晏笙將阿奇納打理整齊後，外面又恢復了平靜。

「這裡的天氣還真是古怪……」阿奇納摸摸恢復柔順的頭髮，看著外頭埋怨。

「那……我們還要出去嗎？」小夥伴不安地詢問。

他們不怕戰鬥，就怕雷電這種連打都打不了的東西，一個雷電轟下來人就焦了，那還怎麼冒險呢？

「現在已經沒有閃電了，應該可以出去了吧？」

「要是它又突然出現呢？」

「應該不會啦！」

「這次換我先走！」戰鬥力排名第二的索克爾毛遂自薦。

其他人也不反對，領頭的危險機率高，按照默認的潛規則，都是由戰鬥力較高的人負責在前頭探路。

戰鬥力最強大的阿奇納雖然失敗了，但那是因為他本身的運氣不好，遇到危險也是家常便飯，現在換個人來，說不定運氣會好一些，能走得順利一些呢？

雖然也有人想讓運氣最好的晏笙當前頭探路的，可是一想到他的低戰鬥力、低體質、低敏捷……

算了，還是讓吉祥物待在後方保護著吧！

索克爾走出了安全區，一步、兩步、三步……

走了幾十公尺，外頭依舊平平靜靜。

「好像沒事……」索克爾轉過身，準備揮手叫人跟上。

「呼……呼……」

在他轉頭時，突然颳起大風，周圍正逐漸形成小型龍捲風。

這些龍捲風一開始只有半個人高，等它與其他龍捲風合併後，形體也漸漸壯大，變成了連天接地、沙石遮天的模樣。

這段天地變色的過程，只是短短的十幾秒鐘。

「索克爾！危險！」

「快回來！」

小夥伴們著急地朝他招手，要他趕緊回到安全區。

索克爾腳步飛快地奔回安全區內，後面跟著搖搖晃晃、像是踩著醉漢步伐的巨大龍捲風。

當索克爾跳進安全區時，背後被龍捲風周圍的風流颳了一下，衣服上出現好幾道裂口，索克爾的上身都變成半裸狀態，褲子還差點掉下來。

「呼！好險……」索克爾慶幸地拍著胸膛，連忙拿出一套新衣服換上。

眾人又等了一會兒，等著龍捲風散去，而後又再度進行試探。

也不曉得是他們今天的運氣特別差，還是安全區外面的異象真的有那麼多，他們又經歷了岩漿火海、冰霜冰雹、刀子雨、隕石群墜落、迷霧幻境等情況……

一次又一次地返回安全區，讓幼崽們氣餒又生氣。

「這裡真討厭！討厭討厭討厭……」索克爾生氣得直跺腳，把地面跺出一個個窟窿。

「那些人都是怎麼離開安全區的啊？用傳送的嗎？」

「啊啊啊我好想出去啊啊啊啊啊啊！」

崽子們不甘心地嗷嗷叫，委屈巴巴地滾動鬧騰，爪子把底下的草地都撓花了。

晏笙看著被撓得亂七八糟的草地，突然開口提議——

「要不，我們挖洞過去？」

「啊？」

「挖洞？」

「從這裡挖地道走嗎？」

「要是底下出現危險怎麼辦？」

如果他們挖了地道，結果地底下出現異變，那他們連逃生都有困難。

「我只是覺得從下面走比較安全……」頓了頓，他又補充了一句，「這只是我的感覺。」

晏笙也說不清為什麼自己會這麼提議，只是一種靈光乍現的直覺。

「我覺得可以試試。」

做為晏笙的頭號支持者，阿奇納第一個站出來表態。

「剛才我們遭遇的那些天象，都沒有跟地面有關的，地面沒有裂開、沒有流沙、沒有沼澤……也許從地底下走是安全的。」

崽子們一時無法判斷，紛紛把求救的目光轉向兩位教頭。

「這是你們的冒險，你們自己決定。」

巴基和奧德里都沒想要插手。

「我們試過那麼多方法都沒用，也許晏笙說的方法可行……」普普海鷗第二個表態支持。

「那就照晏笙的話做吧！」索克爾點頭附和，「晏笙的運氣好，也許照他的辦法行得通！」

既然做下決定，崽子們便不再瞻前顧後，紛紛變成原形，動爪子開挖！

崽子們的動作很熟練，就跟挖土機一樣，「刷刷刷」地就挖出一個大坑，這個坑很快就變成深坑，而後變成一人高的長條通道。

原本晏笙還想著，這個通道挖好以後，應該是要爬著過去的，只是他估錯了崽子們的原形，經過這段時間不斷補養和成長，所有崽子的體型又長大了一圈，挖出來的洞自然也不小，以晏笙的身高來說，他完全不用彎腰就可以通行。

崽子們越挖地道越長，不過他們畢竟不是專業的，挖深以後都迷失方向，走偏了，於是這地道並不是筆直的一條線，而是像三歲小孩畫畫那樣，線條歪歪扭扭，一下子往左、一下子往右，一下子往上飄、一下子往下降，中間還出現挖偏折返的幾個疙瘩坑洞。

「我們挖多久了？還要挖多遠啊？」

「應該挖很遠了吧？我覺得我們在坑裡待了半天了……」

「我覺得我們挖了一天了！」

「我看一下時間……欸？我們只挖了三個小時又三十七分！」

「不可能！」

「我們只待了三小時多嗎？這麼少？」

「待在黑暗封閉的空間，很容易被影響感官和時間感……」

「還要一直往前挖嗎？」

「注意方向，不要又歪了！」

「知道啦！」

「我又不是地鼠族，挖偏很正常啊……」

「我們應該挖到普普海鷗說的距離了，你們有聞到海味嗎？」

「我現在鼻子裡都是泥土味，其他氣味都聞不出來。」

「我也是……」

「要不，往上面挖個洞，看看我們現在的位置？」

「就算知道位置我們也不知道目標在哪裡啊！應該是叫普普海鷗過來聞氣味吧？」

「也對，叫他過來吧！我順便去外面透透氣，這裡真是太悶了。」

「我也要出去。」

「我也是。」

除了少數種族之外，大多數百嵐聯盟的種族都喜歡自由、開闊的環境，讓這群崽子窩在這個自己挖出來的窄小又幽暗的地道，對他們實在是一種折磨。

崽子們出去後，又在外頭等了一會兒，等地道裡頭被挖掘出來的沙塵散去，普普海鷗這才進入地道，找尋那股海潮氣的來源。

「就在這裡！往下面挖！」普普海鷗激動地指著下方位置，「下面大概三百公尺左右有個洞窟，洞窟裡頭有海水！」

「海水是滿的嗎？我們挖下去的時候會湧上來嗎？」阿奇納詢問道。

如果海水會湧上，那他們最好再挖出幾條逃生路線。

「不會，那個洞窟很大，海水只鋪了一點點，像個小池子。」

普普海鷗比劃著精神力感知中所感受到的大小。

聽到只是小池子，崽子們就放心了。

他們賣力地往下挖，很快就挖到普普海鷗所說的深度。

「等等……」

站在後方的晏笙突然想到一件事，連忙喊停，只是這時候已經來不及了！

「碰！磅磅磅……」

被挖薄的地層因為承受不了崽子們的重量而崩裂，露出一個巨大坑洞，坑洞底下就是普普海鷗說的那個大坑。

剛好站在崩塌位置上的幾個崽子都掉下了坑洞，幸好他們的下方是一個湖，他們便像是下餃子一樣，噗通噗通地掉進了湖水裡頭。

「噗！呸呸呸呸……」

「好鹹吶！」

崽子們很快就游上岸，一個個在岸邊甩著毛，甩去身上的水漬。

「最討厭海水了。」

阿奇納從空間裡頭拿出一桶水，嘩啦嘩啦地往身上淋。

他們雖然平日也喜歡玩水、泡水，可是對於海水可就不怎麼喜歡了，海水裡有鹽分，泡完海水後，要是身上沒有洗乾淨，毛裡頭就會沾黏著鹽粒，這些鹽粒不僅會讓他們身上的毛毛變得乾澀，時間久了，他們的皮膚還會發癢難受，身上更還會冒出一股醃鹹魚的味道，難受死了！

「真討厭，我寧願在泥漿裡打滾，也不想在海水裡泡！」

「我也是……」

「我、我只能忍受在沙坑裡滾，泥漿我也不行。」

「還好你們掉進水裡，不然肯定摔斷腿！」

巴基和奧德里站在較後方的位置，沒有跟他們一樣落水，除了他們之外還有十幾位崽子。

他們用著各自的手段跳下洞窟，晏笙踩著飛行浮板下來，落地後，他拿出一個以前給大寶他們玩耍的泡泡浴池，讓阿奇納他們進去池子裡面洗泡泡浴。

這個泡泡浴是針對有毛崽子設計的，開啟後會自動湧出大量細小的泡泡，這些泡泡會隨著浴缸的按摩震動深入毛髮裡層，將藏於毛髮深處的灰塵和髒污帶出，洗過澡後，不需要再次沖水，泡泡會自然乾掉，讓毛髮迅速恢復蓬鬆柔軟。

在阿奇納他們輪著清洗時，其他的崽子則是在洞窟周圍探索。

「這裡就是普普海鷗聞到的地方嗎？」

「這個湖是海水……」

「普普海鷗還說是小池子，這明明就是小湖！」

「我沒說錯啊，跟洞窟比起來，這就是個小池子啊！」普普海鷗為自己辯解。

「好啦、好啦！知道你們人魚都沒什麼大小概念。」

「普普海鷗之前拿著車輪大的海貝，跟我說這是『小海貝』，我當時就矇了，想說，這還算小的話，那我以前在海邊撿到的那種掌心大的算什麼？米粒嗎？」

「哈哈哈哈！我也遇過！普普海鷗抓著手臂長的大蝦子，跟我說這種小蝦口感好，又脆又彈……」

「那是真的小啊！大海貝有床那麼大呢！我睡的就是海貝床……」

普普海鷗覺得很冤枉，他們海裡的東西本來就比陸地上的巨大，剛開始接觸陸地的時候，分不清楚雙方的感官差異，這能怪他嗎？

「其實也沒有差很多啊！」普普海鷗嘀咕，「我還是小幼崽的時候，吃魚是一籮筐一籮筐地吃，而你們是一小盆一小盆的，只是裝的容器不同，大家的食量都差不多……」

「誰跟你差不多？我們盆子裡裝的是奶！吃飯是用碗！」

「你們的碗跟飯桶差不多……」

「你們都是大飯桶！」

「我們族裡本來就是這麼吃的，只有鳥族才吃那麼一點點，幾口就沒了。鳥族都是小鳥胃！」

小崽子們就這麼你來我往地鬥起嘴來。

「嘿！這水底下有東西！有一塊很大的牆！」

「下面有發光的牆！」

幾名親近水的種族在下水玩耍順便搜尋後，發現水池底部約莫五百米深的位置有一面金燦燦、裝飾著各種能量寶石的巨大牆面。

這面金牆的高度和寬度都是三百米，厚度有五、六十米，像是一個方方正正的扁盒子，牆體的材質不明，顏色像黃金，卻又能夠發光，牆面有著繁複的刻紋，上頭鑲嵌著各色能量寶石，雖然這面豪華金牆上覆滿了青苔，底部還有茂密的海草糾纏，卻也難掩它的華貴。

聽說水底下有東西，一群人連忙裝備上可以在水中呼吸和通話的裝置，全都潛入水底一探究竟。

「這牆面是太陽金精製造的，這是一種上古時期經常被用在神器上的珍貴金屬，現在已經幾乎絕跡了。」

晏笙從元素精靈給的傳承中，逐一對照這些材料的來歷。

「上面鑲嵌的能量寶石也是上古寶石，是汲取整條礦脈的能量凝聚出來的心核……」

「整條礦脈？也就是說，這一顆就是一條能量礦？」

「對。」

「哇！上古人真有錢！」

「這些能量寶石還能用嗎？可以拿去交易塔換功勳點嗎？」

來到這裡以後，崽子們瘋狂地賺取功勳點，看到有價值的東西，第一個想到的就是拿去交易塔賣掉。

「這些寶石都還在發光，就表示是有能量的吧？應該還有價值……」

「光這麼微弱，就算有能量，應該也不多……」另一人反駁。

「沒關係！能量耗盡的能量寶石，一樣能賣的！只是星幣比較少！」

「那是在外面啊！這裡的情況跟外面又不一樣，誰知道交易塔收不收？」

「哎呀！就算寶石賣不出去，我們可以把牆挖回去啊！沒聽晏笙說嗎？這牆的金屬也是很珍貴的！一定能賣很多功勳點！」

「對對對！挖牆、挖牆！」

「不要亂動，要是這面牆有機關呢？要小心點！」

「這花紋會不會是陣法的圖啊？」

「這上面的文字是上古語……」奧德里辨識著被當成花紋的文字。

經過海水長年的沖刷，上頭的文字已經有些模糊了，但還是能夠辨識出幾個字。

反覆確認過後，奧德里才道：「這是龍族語。」

晏笙先前獲得任務時，他們因為看不懂地圖，需要靠學者翻譯後，好學的奧德里隨即向學者們購買了龍族語書籍學習，現在也能看懂一些常見文字了。

「上面的文字是赤、君、王、傳、真、殿……」奧德里說出他認識的幾個字。文字零零散散的，很難教人分辨清楚意思，但是他們之前得了一張龍族地圖，現在免不了朝這個方向進行聯想。

「之前那張地圖上是不是有提到赤色君王？這會不會就是他的東西？」

「白火小兵守護著大門，藏於幽夢與碧海的交界……難道就是說這裡？」

「你是說，這是那個『大門』？」

「可是謎語說『白火小兵守護大門』，這裡哪有什麼小兵？」

經過教頭們的刻苦訓練，崽子們已經熟記要時時刻刻注意周遭動靜，在下水時就已經探測過周圍，這裡只有海草、海藻這類植物，連一隻魚蝦都看不到，哪來的看門小兵？

「不管怎麼樣，還是小心一點吧！」

「現在沒看到小兵，不代表等一下沒有啊！說不定這個陣法可以召喚守衛呢？」

「不然，我們把寶石挖出來、把門敲碎了，這樣就不會有危險了！」

不管什麼樣的陣法，一旦被破壞了，那就什麼作用都發揮不出來了。

「這樣好嗎？會不會有什麼反擊的陷阱？」

比如他們攻擊了這面金光閃閃的金牆後，牆面會自動攻擊他們之類的？

「哎呀！這也不行、那也不行！那到底要怎麼做嘛？」脾氣較急躁的崽子面露不耐煩。

「要不，先敲個幾下試試看？」

「……也可以。」

崽子們拿出各自的武器，做足了防禦準備，這才上手破壞金牆，教頭們則是待在旁邊圍觀。

在兩位教頭看來，這面牆壁的陣法應該已經失效了，不太可能啟動，所以他們也就放任崽子們搞破壞，不過為了預防萬一，他們也是做好了救援的準備。

只是預防歸預防，當意外發生時還是打了眾人一個措手不及……

當崽子們準備撬下能量寶石時，牆體突然出現振動並發出嗡鳴，眾人被這低沉的嗡鳴聲震得腦袋發矇，就在他們動作停頓時，牆體的陣法開始運作，一道強光閃現，把所有人都包裹起來。

下一秒，他們就被傳送離開了。

第八章
骸骨巨龍尤里基里

「這裡……是哪裡？」

在一陣令人不適的暈眩感過後，他們出現在一個奇特而遼闊的空間。

這裡像是被剖成兩半，一半光亮、一半幽暗；一半溫暖、一半陰冷；一半絢爛繽紛、一半荒蕪死寂……

相當衝突的對比，卻也莫名地和諧。

「頭好暈……」

「我們被傳送了嗎？」

「我就說嘛！那個門是傳送的！」

「那個傳送陣好糟糕……」

「我們算幸運的，只是傳送過程不舒服而已。」巴基後知後覺地冒出冷汗，「要是傳送到一半，那個陣法毀了，我們就會被空間之力切割得支離破碎！」

「或者是被禁錮在某個不明空間夾縫裡頭，直到老死。」奧德里補充道。

也有可能極其幸運地在某一天脫逃出來，但是這個機率太過渺茫，就跟星球覆滅又誕生的機率差不多。

崽子們嘰嘰喳喳地發洩心底那股不安和焦躁後，話題又回到最初。

「這裡是哪裡？」

「我們要怎麼離開？」

沒等他們商量好下一步，一群足球大小、圓滾滾的白色小東西突然出現，它們的形態像是「寄居蟹的靈魂」——對，是寄居蟹的靈魂體，半透明狀、周圍飄著星星點點的鬼火的那種——上端的殼是如帽子一樣的渾圓狀，下端有著像螃蟹腳一樣漸細拉長的尖爪，身上還發著熒熒白光。

「咔咔咔！有兩腳怪！有好多兩腳怪進來了！」

寄居蟹幽魂發出有些響亮的，如同咬下餅乾時會發出的清脆聲響，又有些像是骨頭撞擊在一起的響聲。

「咔咔咔！是其他種族的入侵者嗎？」

「咔咔咔！要抓起來嗎？」

「咔咔咔！要殺了嗎？」

「咔咔咔！抓？殺？」

「咔咔咔！等等！兩腳怪可以去演戲啊！演大王的戲！」

「咔？」

「咔！」

這話一出，氣勢洶洶包圍住的寄居蟹幽魂全都停頓住動作，身上的熒光急促閃爍，亮度變得比先前還要耀眼幾分。

「咔咔咔！把他們抓給大王！讓大王看看兩腳怪能不能演戲！」

領頭的寄居蟹幽魂揮舞著尖爪，氣勢騰騰地說道。

「咔咔咔！給大王給大王給大王！」

「咔咔咔！演戲！演戲！」

「咔咔咔！抓！抓！抓！抓！」

「咔咔咔咔咔咔……」

寄居蟹幽魂一擁而上，將崽子們團團包圍住。

奧德里等人正要反抗，寄居蟹幽魂揮舞著細長的尖爪，釋放出無數顆氣泡將他們包裹起來，他們就像是被塞入包裹裡的獵物，變成一個個氣泡繭，只留下腦袋在外面。

「你們要做什麼啊？放開我！」

「它們該不會要把我們煮來吃吧？」

「阿爸、阿媽、阿兄阿姐、阿祖阿姨阿伯……要是我被吃掉，你們要記得幫我報仇啊！嗚嗚嗚嗚……」

「報什麼仇？我們的直播都被關掉了，他們根本看不到！」

「啊？那我不就連遺言都沒辦法留了？」

「可惡！這個泡泡打不破！」

「不要放棄！我們一定可以逃出去的！」

「怎麼逃？我剛才用了傳送石，傳送石都沒有動靜，這裡跟外面是隔絕的！」

「別慌，先看看它們要帶我們去哪裡。」晏笙安撫著眾人，「我覺得它們對我們沒有殺氣，而且我也沒有感受到危險，你們知道，我的直覺向來很準……」

「晏笙說得對！」阿奇納附和，「它們沒有當場就殺了我們，那表示我們暫時是安全的……」

「我剛才聽到它們說要把我們帶去它們的大王那裡，到時候我們可以跟它們的大王解釋，我們不是故意闖進這裡的……」

「對，只要解釋清楚了，應該就不會有問題！」

所有人都刻意忽略了，或許那位大王是霸道性格，或許會有其他不好的遭遇發生……

不同於崽子們的擔憂，抓到兩腳怪的寄居蟹幽魂們相當高興。

「咔咔咔！抓到兩腳怪惹！」

「咔咔咔！要是大王喜歡，我們就不用演戲啦咔咔咔……」

「咔咔咔！不用演戲！咔咔咔！不用演戲！咔咔咔……」

「咔咔咔！雖然兩腳怪長得醜，不過大王肯定不會在意的！」

「咔咔咔！不會在意！咔咔咔！」

寄居蟹幽魂就這麼扛著無法動彈的他們，興奮地朝著大王的宮殿衝去，嘴裡還不斷發出咔咔咔的響亮鳴叫。

寄居蟹幽魂口中的大王，住在一座相當巨大的宮殿裡，光是入口的門就極為宏偉，大得像是十米高的巨人在通行的一樣，門框直入雲霄，要不是能夠隱隱約約地看見門的輪廓和雕飾，還以為這是兩根撐天的大柱子呢！

「咔咔咔！大王！我們抓到兩腳怪！」

「咔咔咔！大王、大王！兩腳怪可以演戲！」

「咔咔咔！大王喜不喜歡兩腳怪？」

寄居蟹幽魂搬運著崽子們來到如同圖書館般巨大的書房，占滿整個牆壁的書架上擺滿各種卷軸、石板和厚重書籍，地面散落著許多獸皮紙和紙團，整體看來相當凌亂……

一具五米高的龍形骨架在書房中間的空地走來走去，爪子上抓著幾張獸皮紙，空洞的眼窩中跳躍著冰藍色魂火，儼然是一隻骸骨巨龍！

——骸骨巨龍又被稱為「不朽龍妖」或是「亡靈龍」，是龍族在接近死亡時，為了繼續存活，動用特殊方式將自己煉化，變成骸骨形態與靈魂結合的模樣。

一般而言，這種方式都是黑巫師、巫妖或是死靈法師才會使用的，所以在某些世界的認知中，這是屬於黑暗側、邪惡方的存在。

此時，這隻可能是邪惡陣營的骸骨巨龍，正以一種詠嘆調的語氣，誇張而且戲劇化地朗誦著。

「噢～～羅歐歐！你為什麼是羅歐歐？為什麼是那可惡、愚蠢、野蠻的炎龍家的羅歐歐？」骸骨巨龍掐著嗓音，模擬著女性的音調說道。

一轉頭，骸骨巨龍又壓低了嗓音，以男性特有的渾厚語氣說出下一段台詞。

「噢～～茱葉葉！妳為什麼是茱葉葉？為什麼是那高傲、自大、狡猾的冰龍家的茱葉葉？」

「什麼？你竟然說我家高傲、自大、狡猾？」骸骨巨龍扠腰跺腳，嗓音尖銳，「你真是太傷我的心了！你怎麼可以這麼毀謗我的家族？你真是太讓我傷心難過了！你再不哄哄我，我就要生氣了，我一生氣我就要打龍了！」

「噢！茱葉葉，請原諒我的無禮，可是妳不也嘲諷了我的族群嗎？」

「可惡的羅歐歐！你竟然還敢狡辯！要不是你的族人跑來嘲笑我，說我是一隻只會打架的暴力雌龍，還不要臉地勾搭你這位高貴的王室龍，我又怎麼會……」

寄居蟹幽魂進入書房後就安靜下來，不敢上前打擾骸骨巨龍，而晏笙他們也不敢貿然開口，只能安靜地聽著巨龍分飾兩角，自顧自地演著戲。

聽了一會兒，晏笙終於聽明白骸骨巨龍表演的故事。

簡單來說，就是類似巨龍版的《羅密歐與茱麗葉》，兩隻巨龍的族群是世敵，他們的戀情不被族人允許。

骸骨巨龍演完一個篇章後，這才注意到待在門邊的一群人。

「你們又亂撿了什麼東西？」骸骨巨龍頗為無奈地問。

「咔咔咔！大王！我們抓到兩腳怪！」

「咔咔咔！大王喜不喜歡兩腳怪？」

「咔咔咔！大王！兩腳怪可以演戲！大王的戲可以叫兩腳怪扮演！」

「嗯……」骸骨巨龍眼底的魂火跳躍幾下，「把他們放了，我看看。」要是覺得滿意，是可以讓他們演出。

「咔咔咔！放了、放了！」

阿奇納等人身上的氣泡瞬間消失，一個個重新恢復自由。

「我是棲息於幽夢與碧海交界，行走於時光迴廊之中的時空龍『尤里基里』，是這裡的君王……」

骸骨巨龍抬了抬下巴，擺出矜貴姿態。

「擅闖者，你們是誰？」

「偉大的君王您好。」奧德里擺出恭敬的姿態上前，「我們是百嵐聯盟部落的人，這位是永望島的永恆貴賓。」

奧德里特地點出晏笙的身分，希望能夠靠著永望島的威名讓對方忌憚，退一步來說，要是真打起來，奧德里也希望晏笙能在永望島的光環保護下，被對方刻意忽略。

「百嵐？沒聽過！」尤里基里甩了甩尾巴，「永望島我倒是知道，那位島主現在還好嗎？」

它的目光在晏笙的貴賓手環上一掃而過，確定晏笙的身分。

「大人很好，前段時間才跟他的老朋友相聚了。」晏笙謹慎地回道。

「嗯。」尤里基里不置可否地點點頭，又仔細打量了其他人，「你們是……獸人崽子？崽子不是應該去學域學習嗎？現在獸人都這麼狠心，直接跳過學域，把崽子送到戰場來了？」

「不是，我們其實是誤闖進來的。」奧德里解釋道：「我們帶崽子們在交易塔的安全區訓練，後來意外發現海底有一面金屬牆，我們研究它的時候不小心觸動機關，被傳送到這裡來。」

奧德里將一些關鍵點帶過，沒有詳細說明。

尤里基里點點頭，也沒有多作追究，它根本不在意有人闖入這裡，這裡是它的世界，沒人能在這裡傷害它。

……不，也不能說沒有，與它相剋的生命法則可以傷害它，跟它同等實力的老怪物也能，例如永望島那位島主。

尤里基里腦中閃過這樣的念頭，又很快消逝。

「既然你們都來了，那就來幫我排演新戲吧！」尤里基里揮舞著爪子上的稿子，興致勃勃地說道：「我剛才完成一部新劇本，你們就出現了，這肯定是命運的安排，這部劇就應該由你們來演出！」

沒等奧德里他們回應，尤里基里一揮爪子，阿奇納等人手上就都出現了一份劇本。

「我已經分配好角色了，你們手上拿的是完整的劇本跟角色分配，不管你們扮演什麼角色，都要熟悉整個故事！不可以玷污我的心血！」尤里基里強勢地說道：「趕緊背一背，等到場景布置好，我們就開始排練！」

回過頭，尤里基里對寄居蟹幽魂下達命令。

「小兵們！快去布置場景！還要製作他們的戲服、飾品、武器、裝備……」

「咔咔咔！搭場景！搭場景！」

「咔咔咔！製作戲服！」

「咔咔咔！不用演戲咔咔咔……」

接到命令的寄居蟹幽魂立刻跑開，開始進行它們的工作。

見到尤里基里雷厲風行地指揮著寄居蟹幽魂，根本不給他們開口的機會，晏笙等人互看一眼，只能乖乖地聽從對方的意思，專心翻看劇本。

劇本中，男主角羅歐歐是一個被父親厭惡、被兄弟姐妹欺負的可憐王子，他雖然是龍王的孩子，卻因為羅歐歐誕生時，血脈檢測出現變異，羅歐歐被判定血脈不純，在各種流言蜚語中，羅歐歐和他的母親被說成是不祥的、會帶來詛咒與邪惡的龍，被多情又薄情的龍王下令驅逐。

羅歐歐的母親原本是龍后，在她離開後，龍王的情人、現今的龍后上位。

這位新龍后之前嫁過別人，是二婚嫁給龍王的，婚後她帶著自己的孩子一同住進王宮，過上了奢侈、享受、受龍王寵愛的舒適生活。

而羅歐歐和他的母親則是在一處偏僻荒野過著貧苦的日子。

不過羅歐歐和他的母親並沒有怨天尤人，而是安安穩穩地過著自己的日子，就算遭遇各種冷言冷語和惡意挑釁，他們也沒有向龍王搖尾乞憐，也沒有對新龍后屈服。

在羅歐歐的母親重病瀕死時，羅歐歐才從母親口中得知，那名新龍后竟是個邪惡的巫妖，她用黑魔法蠱惑了龍王，又在羅歐歐身上施加封印，讓他變成血脈不純的不祥之龍，並且到處造謠說羅歐歐母親的壞話。

羅歐歐的母親看出對方不懷好意，但是對方的力量太過強大，又有被蠱惑的龍王當靠山，她無法跟對方對抗，只能忍氣吞聲地帶著孩子離開。

壞龍后的事情，羅歐歐的母親一直到臨終前才告訴了羅歐歐，並跟他說，她猜測壞龍后可能對羅歐歐下手，用某種詛咒封印住羅歐歐的力量。

羅歐歐的母親一直在找尋破解詛咒的方法，最後終於被她找到了！

羅歐歐的母親告訴他，讓他找機會去龍谷，藉由龍谷聖靈的力量破除詛咒，並且回到龍城去奪回屬於他的王位。

龍谷是龍族聖地，有聖靈守護著。

前去龍谷的路上相當危險，羅歐歐的力量被封印了，他根本就沒辦法對付那些難關。

就在壞龍后的孩子欺負他的某天，武力值強大的茱葉葉出現了，她替他趕跑了壞龍后的孩子，跟羅歐歐成了朋友。

在兩人相戀之後，羅歐歐將自己的事情告訴茱葉葉，而茱葉葉也決定幫忙羅歐歐，在前往龍谷的途中，兩人經歷了一堆糟糕又搞笑的情節，像是羅歐歐被混混欺負、茱葉葉挺身保護羅歐歐；愛慕茱葉葉的情敵出現，羅歐歐生氣得一邊哭一邊嚎叫地驅逐對方，最後換來了茱葉葉的抱抱安慰；也有愛慕羅歐歐的雌龍冒頭，被茱葉葉強勢地打跑了……

最後的結局自然是羅歐歐順利破除詛咒，打敗壞龍后，而被壞龍后控制的龍王也恢復清明，並且把王位傳給他。

羅歐歐得到王位後，便想要迎娶茱葉葉，這時候又有新問題出現了，茱葉葉是冰龍族，而羅歐歐是炎龍族，這兩個族群因為天性和生長環境的關係，彼此看不順眼，從古至今發生過不少爭鬥，而茱葉葉也不僅僅是小貴族龍，她其實是偷溜出來玩的公主。

牽扯到兩大族群，這對小情侶的戀情幾乎要步入死亡，後來在兩龍的努力下，他們終於獲得族人的認可，成功結婚，並過上幸福快樂的生活。

「……」看完整個故事，晏笙的嘴角微抽。

怎麼這個故事就像是一堆狗血故事的混合版呢？

然而這位尤里基里君王顯然不會讓他們打退堂鼓，就算不喜歡這個故事，他們也必須硬著頭皮扮演。

「你拿到什麼角色？」阿奇納湊過來看晏笙的劇本，卻把自己的劇本搗得死死的。

「我還沒看……」

晏笙翻動著獸皮紙，他剛才看的是完整的故事劇情，並不是個人角色的部分。

「我是……羅歐歐！」晏笙難以置信地瞪大雙眼，「我竟然是男主角？」

男主角這種霸氣的角色，不是應該由阿奇納或是教頭他們擔任的嗎？

「我還以為我只是演個小配角……」晏笙抓緊了獸皮紙，緊張地向阿奇納求救，「怎麼辦？我從來沒有演過戲，要是我搞砸了……」

「別擔心，我們都沒有演過戲，大家都一樣……」阿奇納連忙安撫他。

「怎麼會讓我當男主角呢？這種角色不是應該教頭他們來當嗎？我這麼弱，跟男主角一點都不像啊……你呢？你演什麼角色？」

晏笙嘀咕一會兒後，這才想起他還不知道阿奇納的角色。

「我、我……」阿奇納漲紅了臉，結結巴巴了老半天，卻還是沒說出他扮演的是什麼角色。

「你怎麼了？」

晏笙稀奇地看著阿奇納，他難得見到他這麼緊張的模樣，頭上的毛都炸蓬了！

「我、我……你自己看吧！」阿奇納索性將自己的劇本塞到晏笙懷裡。

「啊？」

晏笙茫然地抱著阿奇納的劇本，翻開了角色介紹那一頁，「茱葉葉」三個字映入他的眼裡。

「朱……葉葉啊？」

晏笙眨了眨眼，看看阿奇納又看看劇本上的名字。

「為、為什麼你是茱葉葉啊？你、你為什麼會是茱葉葉啊？」

晏笙完全不能理解，按照他和阿奇納的體格，他們兩個的角色應該顛倒過來吧？

「你們已經開始對台詞了啊？」

其他崽子聚集過來，好奇地看著兩人。

「不、不是。」晏笙揮舞著劇本，百思不解，「我、我演羅歐歐，阿奇納演茱葉葉，這不是反了嗎？我們兩個怎麼看，都應該是阿奇納演男主角吧？」

「欸？你是男的，阿奇納是女的？」索克爾一臉驚奇地大叫。

「你才女的！」阿奇納一掌拍過去，把索克爾差點拍趴下。

「這樣的分配很正常。」奧德里解釋道：「龍族的雌性都是比雄性更強悍一些。」

「教頭，你們是什麼角色啊？」索克爾好奇地詢問。

「我是壞龍后，巴基是羅歐歐的母親。」奧德里回道。

「欸？我還以為你們會有一個人扮演龍王呢！」晏笙訝異了。

「龍王是誰演的啊？」

「教頭不扮演龍王才正常啊！龍王才出現兩、三次，算是小配角吧？就連欺負羅歐歐的兄弟姐妹出場次數都比他多！」

在部分小夥伴們看來，兩位教頭這麼厲害，就應該擔任重要角色，甚至是主角。

「為什麼它不讓教頭當主角啊？」

「可能是因為教頭都成年了？羅歐歐和茱葉葉都是未成年龍？」

「也對，教頭的年紀都這麼大了，演不了小崽子。」

「幹嘛？嫌棄我們老了、不中用了？該退休養老了是吧？」巴基兇惡地瞪眼，眼底卻沒有絲毫怒氣。

「我們盡心盡力地教導你們，沒想到你們竟然這麼嫌棄我們？」奧德里也跟著逗弄起崽子們，那委屈的語調幽怨至極，讓原本以為教頭是在跟他們鬥嘴的崽子們都當真了，以為教頭真的傷心了。

「沒有，教頭一點都不老！」

「對啊？誰說教頭老的？教頭一點都不老！教頭現在是最強大的時候呢！」

「教頭風華絕代！絕代佳人！人、人……」

索克爾接不下去，連忙戳了戳身旁的晏笙救場。

「人、人面桃花？」晏笙尷尬地接下，又戳了戳阿奇納。

「花？花、花言巧語？花花公子……」

「……」眾崽子驚愕地看著阿奇納，這崽子膽子肥了啊，竟敢這麼說教頭！

阿奇納額頭冒出一滴冷汗，連忙又戳了戳晏笙。

「花容月貌……」晏笙笑容僵硬地打圓場。

「這個我會！」索克爾興奮地大叫：「道貌岸然！」

「……」眾崽子憐憫地看著他。

「我、我說錯了嗎？」索克爾不安地小聲發問。

「兄弟，安息吧！」阿奇納同情地拍拍他的肩膀。

「我、我……」索克爾訕訕地看向教頭，兩位教頭對他笑得很燦爛。

「道貌岸然？沒想到我們在你心裡是這樣的形象……」

「不、不是，我……」

「回去後，重新學習語文。」奧德里直接給索克爾定下學習方案。

「……是。」索克爾欲哭無淚，卻也不敢拒絕。

歡樂的時間一晃而過，很快就到了尤里基里催他們進行演出的時候。

寄居蟹幽魂的動作相當迅速，短短半天的時間，它們就完成了場景布置和戲服的準備。

阿奇納等人被套上戲服，打扮成龍族的模樣，就像是套上了龍形布偶裝一樣。

也不曉得寄居蟹幽魂用的是什麼材料，這布偶裝輕盈又柔軟，但卻又像是充了氣一樣地相當膨脹，把崽子們撐不起來的部位，例如圓滾的龍肚子、強健的龍尾巴、堅韌的龍翅膀都支撐起來，而且這些部位還會跟隨穿戴者的情緒和意念活動。

「嘿！看我的尾巴攻擊！」

阿奇納一扭腰，身後的尾巴就甩向了索克爾。

「我跳！」

索克爾矯健地跳起，背後的翅膀拍振幾下，讓他懸浮在半空。

「哈哈哈哈……我會飛！你打不到！」索克爾開心地繞圈飛舞。

對於陸地獸人來說，天空是他們好奇又嚮往的地方，雖然以前也乘坐飛艇、浮空板、飛行器體驗過，但是靠著「自身翅膀飛行」的經驗可是第一次！

「看我的肚肚攻擊！」

普普海鷗挺著圓滾滾的龍肚子，揙動翅膀朝鄰近的夥伴撞去，兩隻胖龍崽撞成一團，卻沒有絲毫疼痛，撞擊的力道被布偶裝吸收，兩隻崽子甚至像是皮球一樣地彈跳幾下，把他們樂得哈哈大笑。

不只他們兩個這麼玩，所有崽子都將自己當成球，到處撞來撞去、滾來滾去，歡笑聲灑滿整個空間。

「好了！崽子們！該排戲了！」尤里基里沉聲喊道。

它可沒有欣賞崽子們玩耍的空閒，它心心念念的只有它的作品。

「咔咔咔！演戲、演戲、演戲……」

寄居蟹幽魂用氣泡困住還在空中撲騰的崽子們，將一群人帶到已經布置好的客房中。

排戲是按照劇本順序排練的，第一幕是羅歐歐的母親重病瀕死，跟羅歐歐透露壞龍后的詛咒和龍谷的事情。

場景是羅歐歐母子倆居住的洞窟，為了表現他們的貧困，洞窟裡頭只有石頭做的床、桌子和碗盤之類的東西。

羅歐歐的母親處於瀕死狀態，巴基躺在石床上，身上的布偶裝也是略顯瘦骨嶙峋的模樣，形體是乾扁的、可以明顯看見骨頭的體態。

寄居蟹幽魂的製作工藝驚人，連病龍身上失去光澤的鱗片和鱗片脫落的光禿模樣都製作出來了。

「好，開始！」尤里基里發號施令。

「羅歐歐，我快要死了……」巴基按照劇本唸出自己的台詞。

「停！」尤里基里中斷了演出，「你都說自己要死了，為什麼說話的力道還那麼強勁？虛弱呢？瀕死呢？哀傷呢？重來！」

巴基抿了抿嘴，再度重複：「羅歐歐，我要死了……」

「停！」尤里基里再度中斷，「虛弱虛弱虛弱！你的聲音一點都不虛弱！羅歐歐的母親現在病得快死了，她很虛弱、很哀傷、很不捨，她捨不得拋下孩子！還有，你剛才說的台詞不對，應該是『我快要死了』而不是『我要死了』！重來！」

「羅歐歐，我快要死了……」巴基氣若游絲地說道：「我最放心不下的就是你，我的孩子……」

「停！台詞又錯了！應該是『我的兒子』不是『孩子』！重來！」

「……」巴基的額頭冒出青筋，忍著脾氣再度重複：「羅歐歐，我快要死了，我最放心不下的就是你，我的兒子，你還這麼年幼、這麼弱小，我很擔心你……」

「停！為什麼你完全面無表情？你的情緒呢？你的傷心、你的擔心、你對孩子的心疼呢？重來！」

「……」巴基握了握拳頭，忍著不耐煩嘀咕道：「老子又沒結婚、沒孩子，怎麼知道要怎麼對孩子心疼？」

「教頭，加油。」晏笙同情地看著他。

他很慶幸自己在這一幕戲中沒太多台詞，只需要說幾句「母親妳別死」、「母親我捨不得妳」、「我會好好活著」就行了。

在尤里基里的各種挑剔中，巴基被一次次重來，不到五百字的台詞，竟然花了大半天才完成。

這時的巴基已經唸台詞唸得喉嚨沙啞，就算不用特別演繹也能表現出虛弱的模樣了。

「好！下一場……」

「那個……我們不先吃飯嗎？」晏笙打斷尤里基里。

「吃飯？」尤里基里的語音微揚，骨頭組成的臉露出一個困惑表情，「噢，我忘記你們還是活物，需要吃飯……」

「還需要睡覺。」巴基可憐兮兮地補充，他現在就想好好地睡上一覺！

「嘖！真麻煩。」尤里基里滿是嫌棄，「這樣吧！我把你們全改造成屍偶……」

「什麼？」

「屍偶，就是像我這樣，把靈魂和身體煉化，變成不死之身。」尤里基里用殘餘不多的耐心解釋。

「別開玩笑了！老子才不要變成活死人！」

「我也不要！」

其他崽子也拚命搖頭。

他們的拒絕讓尤里基里怒了，「不識相的傢伙，別人求我出手煉化都還要獻上大量寶物給我，我可是看在你們演戲演得還不錯的分上，願意給你們這份賞賜……」

「不、不用了！這麼珍貴的賞賜你還是留給別人吧！」

「對對對，不用麻煩您了，我們覺得活著就很好。」

「我們還小呢！生命還很長呢！不急不急……」

「死了就長不大了！我還想長大呢！我想要長得高高壯壯大大的！」

崽子們還是堅定地拒絕，為了表示他們的堅持，他們全都跑到遠離尤里基里的位置，要不是這個空間是關閉的，他們早就直接跑出去了！

尤里基里沒有理會崽子們的拒絕，它抬了抬爪子，一股無形的力量就將所有人壓趴下。

「從誰先開始呢？好久沒有嚐到生命的美味了。」尤里基里眼底的魂火跳動，流露出貪婪。

雖然生命法則是死靈的剋星，可是相對地，死靈最愛的食物也是生命。鮮活的、跳動的、熱烈的生命，味道就好像上等美酒一樣美味。

尤里基里的目光在崽子間遊走，那陰冷的視線就像濕滑的毒蛇爬行，讓人激出一身雞皮疙瘩。

不甘心被尤里基里操控生命，眾人咬牙切齒地掙扎，甚至連伴生武器都出動了，還是沒能從這股無形的禁錮中逃脫。

「混蛋！變態！你走開啦！」

「嗚嗚嗚阿爸、阿媽，我想回家……」

「欺負小崽子算什麼！有本事你去欺負跟你一樣厲害的啊！」

「我要活著！我不要死！」

「放開我！我們一對一單挑！」

「打一場啊！你就只會耍這種花招嗎？不敢正面跟我打嗎？懦夫！」

尤里基里瞇起眼睛，享受著眾人的恐懼和憤怒，在它的感官中，崽子們的哭泣、悲憤、掙扎無疑是相當美味的情緒。

「決定了！」尤里基里打了個響指，「就從我的女主角先開始煉化吧！」

尤里基里挑中了阿奇納，在它的特殊視野中，阿奇納就像是一團躍動的小火球，生機勃勃、炙熱鮮豔、倔強而強韌，一看就是一道相當美味的小甜點。

可惜小了點，要是再養養……

尤里基里最後還是打消了養大小甜點的心思，比起口腹之欲，它更在意自己的作品演出。

「等等！」

在尤里基里操控著力量，讓阿奇納朝它飄浮過去時，晏笙開口叫住了它。

「為什麼不是從男主角先開始！」晏笙臉色蒼白，目光炯炯有神地說道：「再怎麼說，我才是第一主角，為什麼是女主角先煉化，不是我？」

「你想要先煉化？很好，我就喜歡你這種主動又乖巧的崽子。」尤里基里發出愉悅的笑聲。

阿奇納被放回地板，換成晏笙飄浮到半空。

「咦？先前沒注意到，你身上竟然有著時空之力？生命氣息也很濃郁，比小甜點還要美味啊……」

如果說阿奇納是小甜點的話，晏笙就是芬芳醇厚的美酒，更對尤里基里的胃口。

晏笙緊緊地抿著嘴，努力克制自己的恐懼，等待著接下來發生的事情。

尤里基里抬起蒼白的龍爪，口中吟唱著聽不懂的音調，灰黑色的霧氣逐漸籠罩住晏笙。

劇痛襲來，晏笙忍不住痛叫出聲。

他能夠感受到有某種冰冷而死寂的力量入侵他的身體，並從他的體內汲取了生命力，他可以明顯感受到體溫的流失，可以明顯感受到自己正慢慢地虛弱下來……

「不！不要……」阿奇納瞬間紅了眼眶，「你放開他！你不是要我嗎？放開他，我來！」

他想飛奔上前救下晏笙，可是不管他再怎麼掙扎，甚至連骨頭都扭斷幾根了，他還是被死死地禁錮在地。

奮力抗爭的不只有他，巴基、奧德里以及其他崽子都在拚命地想辦法，甚至不惜用自殘的方式激發出潛力。

可是他們的掙扎在尤里基里的力量壓制下，就像是螻蟻對抗大象，一切都是那麼微不足道。

第九章
我們的目標是星辰大海！

「唧……」

突然間，一聲如同口哨般清麗而高亢的叫聲出現，打斷了尤里基里的施法，驅散了籠罩晏笙的黑霧。

「什麼？」

一頭銀藍色的小海豚從晏笙體內出現，直直地撞上尤里基里，把它胸腹的骨架撞出一個大洞。

「生命靈體？怎麼可能！」尤里基里難以置信地大叫，而後又被小海豚撞碎了翼骨。

尤里基里的力量被小海豚撞散，力量一散去，飄浮在半空的晏笙隨即摔在地上，已經恢復行動力的阿奇納第一個衝上前，將陷入昏迷的晏笙抱在懷裡保護。

晏笙的體溫很低，全身被冷汗浸濕，眉頭皺著，眼睫毛一顫一顫地，像是陷入了惡夢之中，嘴唇被他咬出了傷口，殷紅的血珠讓那失去血色的唇更顯蒼白，而他那烏黑柔亮的頭髮，現在已經全無光澤，還多了一縷一縷的灰白髮色。

「晏笙，醒醒，別睡，醒醒……」

阿奇納惶恐地抱緊他，用自己的體溫溫暖著晏笙，並往他嘴裡灌了幾瓶生命靈液，嘴裡不斷地低聲叫喚，希望能將他喚醒。

晏笙掙扎著張開雙眼，看見阿奇納的神情，他虛弱地勾起嘴角。

「別哭……

「我……

「沒事……」

一句簡短的話，晏笙卻是氣喘吁吁地分了三次才說完。

「我、我沒哭……」

阿奇納咬緊牙關，卻還是從喉間洩漏出嗚咽聲。

他將臉埋入晏笙的頸窩，又慶幸又害怕地低聲啜泣。

「還好，你沒事。」

如果晏笙真的有個萬一，他永遠原諒不了自己。

「……」晏笙沒有回答，因為他又昏迷了。

阿奇納緊張地查看晏笙的身體，確定他只是睡著了，這才放下心底的擔憂。

仇恨的目光盯向尤里基里，阿奇納生怕它再度把晏笙抓走。

不過現在的尤里基里可是自顧不暇。

小海豚憤怒地攻擊著它，把它的骨頭一塊塊、一根根地吞噬掉，到最後，尤里基里只剩下一顆腦袋。

不過就算是這樣，尤里基里也不會死亡，因為關係著它性命的命匣並不在這裡，而是被它藏在一個很隱密、很隱密的地方。

小海豚發出尖銳的哨音，甩動尾巴，將尤里基里的腦袋當球打。

屬性是生命法則的牠，最討厭骯髒又噁心的死靈生物了！

尤里基里很憤怒，可是它打不過小海豚，它只能忍辱負重，等待小海豚離開，日後再想辦法報仇。

尤里基里的腦袋被打碎了，又因為不死屬性而自動修復，然後小海豚再度打碎它。

反反覆覆無數次，地面堆滿了碎裂的骸骨。

就在雙方僵持住時，異變再起，元素精靈和永望島之主經由晏笙空間裡頭的魔法陣傳送過來。

永望島之主環顧周圍一圈，很快就了解了情況。

「鈴鈴鈴……」

元素精靈在晏笙身邊飛了幾圈，在他身上撒下光粉，讓晏笙蒼白的臉色恢復了一些血色。

他們雖然跟晏笙解除了契約，但是他們跟晏笙空間裡的魔法陣還是有聯繫的，當晏笙被抽取生命力時，魔法陣的防禦啟動，驚動了元素精靈，元素精靈拉著永望島之主趕來救援。

又因為晏笙他們處於尤里基里的世界之中，傳送時遭到攔阻，耽誤了一點時間。

元素精靈對於晏笙很有好感，現在看見晏笙奄奄一息的模樣，全部都憤怒了。

「鈴鈴鈴！」元素精靈飛回永望島之主身旁，發出生氣的鳴叫聲。

「好、好，你們別生氣，我會嚴懲惡人，也會救這個小傢伙。」

永望島之主安撫元素精靈幾句，手上憑空一抓，地面起了劇烈震動，而後一個盒子出現在他的手中。

「不……」

發現自己的命匣被找出來，先前還很淡定的尤里基里發出驚恐的叫聲。

「你不能這樣！我跟你無冤無仇！」

「誰讓你欺負了我朋友喜歡的小傢伙？」

永望島之主直接捏碎了命匣，無情地結束了尤里基里的性命。

強大無比又擁有無限壽命的尤里基里就這麼消失了？

阿奇納等人心底有說不出的複雜滋味，一方面因為活下來而慶幸，一方面又覺得自己實在是太過弱小，可悲又狼狽。

就在眾人怔愣的時候，永望島之主又抬手一抓，掌心再度出現一個東西。

那是一塊拳頭大小的水晶體。

沒等永望島之主做出下一個動作，小海豚就衝過來將水晶體叼走，轉身衝回晏笙的空間內，而元素精靈像是擔心永望島之主會追討水晶體一樣，在永望島之主耳邊「鈴鈴鈴」地勸說，直把他吵得沒脾氣。

「放心，不過是一塊世界核心，我還不至於那麼小氣，非要追回。」

世界核心，又稱為世界基石，或是星球基石，是形成一個完整世界的必要存在。

永望島之主知道晏笙的空間中有世界核心的碎片，那塊碎片被培養得很不錯，生命氣息濃厚，這塊碎片要是能夠融合尤里基里的世界核心，晏笙的空間就能成為完整的世界。

也是晏笙幸運，要是換成其他人，即使得到尤里基里的世界核心也無法使用，因為尤里基里是亡靈龍，它建構的世界自帶死亡法則，活人是運用不了的，要是強行契約，還有可能會反過來被這塊世界基石抽乾生命力。

而晏笙的空間裡頭有代表生命法則的小海豚在，足以鎮壓和吞噬死亡之力，不用擔心死亡法則的危害。

再加上晏笙的空間裡有元素精靈替他設置的魔法陣，這個魔法陣能夠輔佐晏笙，讓這幾股力量妥善融合，等到這些力量都融合後，他將會變得更加強大。

說真的，永望島之主見過不少幸運兒，但是幸運成晏笙這樣的，還真是相當罕見。

一種法則代表一個領域空間，領域空間算是一種不完全小世界，所有人進入領域中都會遭受到領域法則的壓制，而晏笙擁有幾種法則領域呢？

小海豚是領域空間進化而成的生靈，本身具有生命和水兩種法則，而晏笙從牠那裡獲得的世界基石的碎片也具有同樣的力量。

尤里基里在建構它的死靈世界時，還從別處找來了夢境和時空法則進行填補，所以小海豚搶走的世界基石具有這三種法則之力。

也就是說，晏笙的空間融合了生命、水、死亡、夢境和時空五種力量。

別人連一種領域都求而不得，他卻擁有五種！

要不是永望島之主已經修煉有成，而且修身養性多年，說不定還會為此嫉妒他一番呢！

簡言之，晏笙雖然遭遇橫禍，卻因為各種機緣巧合，讓他反而因禍得福。

不過在晏笙的空間完成蛻變之前，他還是需要外界的輔助和看護的。

「我帶他回去調養身體。」永望島之主將晏笙一裹，準備帶走。

「等等！」阿奇納著急地叫住他，「請告訴我，要怎麼樣才能夠變得像您一樣強大！」

他不想再遭受今天這樣的痛苦，他不想再眼睜睜看著晏笙為自己犧牲，而他卻無能為力！

他要變強！

「想變強？」永望島之主挑了挑眉，「你們這個年紀，去學域吧！」

「學域該怎麼去？」

「交易塔有販賣通行證。」頓了頓，永望島之主又補充一句，「你們把這裡的東西搬去交易塔賣，就足夠了。」

「謝謝。」阿奇納道謝一聲，又問：「請問晏笙他需要休養多久？」

「看情況，大概六個月到一年。」永望島之主估算時間。

「謝謝您。」這聲道謝，是感謝永望島之主願意救治晏笙。

永望島之主沒有回應，淡漠地帶著晏笙離去。

阿奇納握緊拳頭，凝視著永望島之主消失的位置。

下次跟晏笙重逢時，他一定會變強！

晏笙在永望島之主的宮殿裡休養了大半年，這段期間裡，他一直浸泡在由魔法陣構築出來的能量池子裡頭。

永望島之主說，這個魔法陣可以梳理他的肉體、靈魂和空間裡的能量。

當他的身體調養好了的時候，魔法陣就會自動停止運作。

也就是說，什麼時候魔法陣不再發光了，晏笙才能從這池子裡頭走出來。

雖然是能量池，但是浸泡在其中的晏笙卻不覺得有泡澡的感覺，反而像是被一團暖洋洋的雲霧包覆。

這層雲霧讓他能夠感受到濕潤，卻又不足以凝結出水滴，弄濕他的皮膚。

他能夠感受到能量在他的體內和靈魂來回穿梭、迴流，就像血液在血管裡頭流動一樣。

很神奇的感受。

雖然只能躺在能量池裡，但是晏笙並沒有因此無所事事，他把自己的行程排得很滿，從早到晚都在學習。

跟阿奇納一樣，晏笙也覺得自己實在是太弱了，他想要變強，想要以後遭遇危險時，可以妥善地保護住自己和夥伴，而不是只能等待其他人的救援。

燃起學習熱情的晏笙，將元素精靈當成老師，經常向他們請教和學習，偶爾永望島之主也會指點一二，後來連永望島之主的手下也成為他的教師，跟他講述了過往的冒險和生存經驗，開拓晏笙的眼界。

離開的時候，晏笙送給這些老師一人一塊晶牌，這是他自己在融合法則力量後，學習製作的法則晶牌。

因為他還無法完全掌控力量，所以製作出的晶牌多屬於尊者級，偶有幾張聖級晶牌，他覺得羞愧，因為永望島之主示範的時候，可是直接製作出神級晶牌！

侍衛和永望島高層紛紛安慰他，說他能在幾個月內製作出尊者級晶牌已經很了不起了，餘下的只是熟練度和感悟不夠，日後再慢慢琢磨、練習即可。

卜西多甚至想跟他建立長期合作，以後只要是晏笙想販賣的晶牌，都可以賣給他。

原本卜西多是想收他為學生的，畢竟他們都是時空商人，屬性相同，誰知道他還在養傷的時候，晏笙就被永望島之主給拐走了！

——是的，沒錯！晏笙現在是永望島之主的學生，兩人已經有了正規的師徒名分，還是昭告各個星系宇宙的那種！

也因為有了永望島之主這位老師，晏笙跟阿奇納他們相聚的時間又往後延了。

他的老師告訴他，想要離開他的保護，那就要有自保之力，免得哪天遇到更加強大的敵人，一照面晏笙就被對方給滅了，讓他這個老師連救援都來不及。

晏笙在老師這裡磨了三年，這才得到他的允許，可以離開。

這些年，晏笙沒有斷過跟阿奇納他們的聯繫，他們都在學域學習，還接了不少百嵐聯盟的崽子過去。

現在的百嵐聯盟發展得很好，他們從戰場和學域獲得不少資源，現在的百嵐人已經不需要依附他人，被當成廉價保鏢和雇傭兵對待，也不用為了一丁點資源就拚死拚活、流血流汗又流淚了。

經由傳送，晏笙來到了學域。

他站在跟阿奇納約定的入口廣場，等待小夥伴們的到來。

晏笙抵達的時間有點早，比他們約定的時間還要提早兩小時，他環顧四周，想找個地方坐著等待。

「晏笙！」

隨著熟悉的聲音響起，晏笙眼前一花，下一秒就被人狠狠地抱住。

擁抱的力量強烈，要是晏笙以前的弱雞體質，肯定會被弄得一身傷，不過現在的他已經不是以前的小弱雞了，這樣的力道只是讓他覺得有點疼，卻不至於受傷。

感受著熟悉的氣息，晏笙彎著眼笑了，同樣伸手回抱住對方。

「阿奇納，好久不見。」

雖然他們每個月都會進行視訊聯繫，可是影像通訊怎麼比得上面對面相處呢？

「好久不見。」

阿奇納與他臉頰貼著臉頰，親暱地蹭了蹭，就如同他們以往的相處。

「你……」

晏笙張了張嘴，有好多問題想問，有好多話想說，臨到要出口卻撞成一團，最後這些話語全化成一句。

「你好像長高了。」

晏笙鬆開手，退了一步，打量著兩人的身高差。

晏笙在這三年間長高不少，他以為這次應該可以追上阿奇納的身高，結果卻發現他們兩個的身高好像差得更多了！

他現在竟然只到阿奇納的胸口位置，他以前還能到他的肩膀呢！

「我長高了啊！」阿奇納理所當然地回道。

「……為什麼你長那麼快？」晏笙有些氣悶。

「呃……因為我吃很多？」阿奇納歪了歪腦袋，又摸摸晏笙的頭，「其實你也有長高，真的。」他真摯地點頭。

「……其他人呢？」晏笙決定不再繼續這個令人傷心的話題。

「他們在打比賽，帝亞戈跑來找索克爾他們玩，索克爾他們以為你不會這麼早來，就跟他們去打戰場了。」

「那你怎麼沒去？」

「我來等你啊！」阿奇納理直氣壯地回道：「我知道你肯定會提早到的！所以我也提早來等你了！」

「……」聽到這麼暖心的回答，晏笙忍不住笑了。

「帝亞戈是以前來跟我買過復活材料的那位魔族嗎？」

在晏笙留在老師宮殿學習的期間，帝亞戈湊足了交易品，將需要的復活材料都換走了。

「對啊！就是他！他上星期過來的！我們剛好在戰場上遇到，發現他只有一個人，孤孤單單的，索克爾覺得他的實力不錯，就帶著他一起玩了……」

「他不是在搶繼承人的位置嗎？怎麼有時間跑來這裡？」

晏笙記得，他來換取復活材料的時候，曾經說過他的爭奪戰還沒結束。

這個問題阿奇納知道答案！

「他復活他的管家以後，管家跟帝亞戈的阿媽聯手，把其他候選人都弄垮了，沒弄死，但就是沒戰鬥力了，現在的候選人就剩帝亞戈一個大崽子跟一些年紀很小的小崽子……」

「那位城主不管嗎？」

「不管。」阿奇納搖頭回道：「帝亞戈說，他們魔族的競爭都是這樣，要非常強大、非常厲害的人才能夠繼承，就算弄死了競爭者也沒關係，上位者不會干預。」

「所以帝亞戈現在是唯一的候選人？那他什麼時候繼承城主的位置啊？」

「不知道，帝亞戈說他的城主阿爸現在還很強大，還不到退位的時候，帝亞戈現在的力量也沒辦法推翻他阿爸，帝亞戈的阿媽和管家就建議他繼續學習，讓自己變得更強，帝亞戈就跑來學域了……」

頓了頓，阿奇納又道：「他們魔族真的很恐怖，我聽帝亞戈說，他們那裡有一個族群是靠互相吞噬進化的，那個族群的人從出生開始就會吞噬同一窩的兄弟姐妹，等到變強了就會去挑戰自己的父母，把自己父母吃掉以後再去吃其他更厲害的人……」

「……好兇殘。」

光是聽敘述，就讓人感受到一股屍山血海堆砌出的血腥味。

「這裡有那個種族的惡魔過來嗎？」

「沒有，那個種族在禁止進入學域的黑名單裡面。」

學域是由數個星際宇宙共同建立的特殊空間，主要是給自家的崽子和剛成年的新生代一個學習、交流互動和了解各個星際宇宙情況的聯誼空間，算是屬於中立混沌陣營——允許暴力和血腥的存在，但是不允許過於兇殘和邪惡，所以那些吃同類、吞噬其他種族的惡魔是不會被允許進入這裡的。

「大寶他們上個月也過來了，不過他們的訓練方式跟我們不一樣，大寶他們要跟著族人行動，他們在另一個區域……

「我們刷到很多學域的通行證，百嵐安排了很多崽子來這裡學習，達格利什和布奇麗朵他們也來了……」

現在百嵐聯盟培養崽子們的地方有兩處，一個是他們自己建立的次元星域，也就是晏笙剛穿越過來的那個地方，另一個就是學域了。

因為進入學域的通行證需要靠崽子們闖關各種關卡，以及刷任務、賺積分購買才能獲得，所以被選來學域的都是在次元星域表現出色的崽子，學域這裡被百嵐聯盟當成是精英崽子的進修班。

等到崽子們在學域這裡成長得差不多了，他們就會轉移陣地，前往諸天戰場去見識更遼闊的世界和更殘酷的血腥。

「這間店是我之前跟你推薦的食品店，裡面好多東西都很好吃……」

阿奇納拉著晏笙熟門熟路地走到他喜歡的食品店，買了一堆他喜歡的飲料、食物和點心，而後帶著晏笙坐上懸浮小車，飛向索克爾他們比賽的場地。

「這個飄飄冰淇淋很好吃，吃下去以後，人會變得輕飄飄的，會像氣球一樣飄起來喔！

「這個是變色糖，吃了以後身體會變色喔！不過不用怕，身上的顏色過十小時就會消失了，不會一直留著……

「這個星眼藍寶石的外殼脆脆的，裡面像冰晶礦……啊，我忘了你咬不動寶石，好可惜，這個寶石真的很好吃！是我吃過最好吃的寶石！」

阿奇納一邊推薦各種食物給晏笙吃，一邊叨叨絮絮地跟晏笙聊天。

他說了很多他在這裡的遭遇，其中有大半他們以前都經由視訊聊過了，但現在晏笙還是聽得津津有味。

「這裡也可以開直播喔！而且這裡的直播是好多個星際宇宙都可以看到！他們對崽子的打賞都很大方，我每次開直播都賺了好多積分！我買了好多東西送給阿爸、阿媽、阿姐、阿伯、阿奶……之前寄給你的點心和書也是直播賺的！」

阿奇納得意洋洋地抬高下巴，他現在也是可以賺星幣養家的崽崽啦！

「我阿姐在這裡待幾個月就走了，她說這裡太安逸了，不夠刺激，她跟他們團的人跑去諸天戰場，聽說戰場那裡有好多人喜歡她，不過阿姐一個都不喜歡，她把那些追求者都打跑了……

「教頭他們都在諸天戰場，巴基教頭的舊傷已經都好了，他現在變得很厲害，聽說有個很強大的異族女戰士在追求他，布落姆教頭說，要是不出意外，巴基教頭會被那個女戰士拿下，他還說，巴基教頭每次看見那個女戰士就害羞臉紅，哈哈哈我完全想像不出來，巴基教頭害羞臉紅的模樣……」

晏笙也跟著想像了一下，面容剛毅、略顯滄桑的肌肉壯漢臉紅害羞的樣子……

抱歉，想像力不足，腦中一片空白。

下車後，阿奇納領著晏笙朝一棟蛋糕形狀的塔形建築物走去。

「這裡是學域的行政廳，新人要先來這裡登記，要是以後遇到什麼問題或是糾紛，也都是來這裡解決……

「登記後會拿到一個小指指甲片大小的晶片，這個晶片就跟永望島的身分環差不多，你可以將它隨便貼到身上的任何一個位置……

「這晶片叫做『學牌』，有了學牌才能夠進入戰場、解任務、賺積分、買賣交易、學習和訓練……」

在阿奇納的引導下，晏笙進行了註冊登記，並做了幾分鐘的身體檢查和評量，又開通了這裡的個人虛擬戶頭和直播系統。

個人虛擬戶頭不僅僅是用來儲存積分，它類似於身分證、通訊系統、銀行帳戶、任務評價、個人實力衡量、學習紀錄等等的綜合體，可以說，在這裡的一切活動都需要用到這個虛擬戶頭。

晏笙將學牌貼在手腕內側，學牌貼上後隨即跟肌膚緊黏，就像是長在皮膚上的胎記一樣。

隨後，阿奇納帶著晏笙走進一處金字塔模樣的建築物。

「這裡是接任務跟買賣東西的地方，跟戰場那邊的交易塔差不多。旁邊那幾顆星球模樣的建築物是戰場，戰場有分初級、中級、高級和精英級，一顆星球代表一個等級……

「這裡的任務很有趣，有大致的分類，有角色扮演模式、生存戰鬥模式、解謎模式，還有綜合模式，像是生存戰鬥加解謎、角色扮演加解謎、角色扮演加戰鬥，以及三種模式都混合在一起的……

「這裡的任務都是進入小世界進行的，那些小世界都是真的喔！是創造這裡的大人物從時空長河搬運和複製過來的，有的是已經消亡的星球歷史，有的是正在消失的，還有一些是現在還存在的……」

也因為這樣，崽子們在這裡進行過任務後，也等於跑遍星際宇宙，了解各個星際宇宙的基本情況了。

「戰場都是在打打殺殺，你應該不喜歡，我帶你去做任務玩！」

阿奇納把幾個類別的任務都接了一個，打算帶著晏笙全玩一遍。

「我們不去找索克爾他們嗎？」晏笙好奇地問。

「不用。」阿奇納毫不猶豫地回絕，「他們肯定不會打一場就結束，每次都是打上好幾十場……反正你都已經來了，改天再跟他們碰面也行！」

阿奇納早就計畫好要獨自帶晏笙熟悉這裡，教他怎麼做那些任務，在晏笙面前好好表現，讓他看見他的成長，他才不要索克爾他們橫插一腳呢！

他們進行的第一個任務是解謎任務，這讓晏笙有些訝異，他還以為按照阿奇納的性格，他會優先選擇生存戰鬥任務呢！

等到他們進入了任務世界，在阿奇納的教導和帶領中，他們找出一個又一個破碎的謎題和暗示，最終通關的時候，晏笙眼底的訝異更盛。

「阿奇納，你變得好厲害，那些謎題我都還沒弄懂你就理解了……」晏笙真心實意地讚嘆，讓阿奇納又自豪又不好意思。

「我們繼續下一個任務吧！」

第二個任務是解謎加上生存戰鬥類的任務，也就是一邊抵抗怪物的追殺、一邊找出線索；第三個任務是角色扮演加解謎，他們扮演商團的保鏢，這個商團的寶物失竊了，所有人（包括阿奇納和晏笙）都被懷疑，阿奇納他們需要找出叛徒，並找回被偷走的寶物。

解謎任務順利地以「優秀」的成績通關後，他們又陸續體驗了其他類別的任務，阿奇納的表現一如既往地出色，與戰鬥相關的任務拿到了「完美」的成績，餘下的則是優秀，得到不少積分獎勵。

「阿奇納！你真的太厲害了！真的好厲害！好帥！」晏笙忍不住再次鼓掌稱讚。

一連串的任務下來，阿奇納已經接收到晏笙無數次的讚美了，現在的他可以維持著穩重的表情和一雙泛紅的耳朵，淡定地接受晏笙的誇獎。

晏笙並不知道，早在這天之前，阿奇納就已經私底下學習並背誦過無數個解謎任務攻略，挑的任務也是他熟悉的，為的就是在晏笙面前表現出聰明又強大的一面！

任務攻略是可以用積分買到的，有些人就是靠著販賣任務攻略和情報維生，不過這些任務攻略有真有假，要自己小心分辨，免得一不小心上當，賠了積分又任務失敗。

學域管理者並不懲罰造假和販賣假攻略的人，畢竟這裡是為了讓崽子們學習而建立的，在這裡吃虧上當總比在外頭吃虧上當還要好，在學域吃虧上當，損失的只是積分和資源，在外面吃虧受騙，那就會賠上一條命了！

「之前帶你玩的任務都是初級任務，接下來我們去中級的生存戰鬥任務玩，中級的任務會有玩家對抗，我會保護你的！」阿奇納拍著胸膛說道。

「好！都聽你的！」晏笙笑嘻嘻地點頭。

他們挑選的生存戰鬥任務名為《奪寶大戰》，內容講述一群冒險者得知某個星球藏有珍寶，便跑來這裡尋寶。

任務要求是，在任務世界中尋寶並待滿十天，期間要與其他冒險者和ＮＰＣ對抗，冒險者之間可以奪取對方找到的寶藏，ＮＰＣ也會偷襲和攻擊冒險者。

【本場次為中型對抗任務，本次闖關者共計三百人。】

當晏笙他們進入任務世界時，系統的說明同步響起。

【組隊成員上限為五人，團隊成員只要有一人通關成功，同隊失敗者可以拿到任務合格分，但是沒有獎勵和積分。】

【過關條件：找到標記為寶物的物品並放入藏寶盒中，保護藏寶盒並生存滿十天。】

【藏寶盒中可以置放多件寶物，數量沒有上限。】

【冒險者死亡，任務失敗。】

【存活滿十天但是藏寶盒被奪走，任務也是失敗。】

【闖關成功，冒險者在任務世界中獲得的寶物數量，將會轉換成額外的獎勵積分，寶物取得越多，積分越高。】

晏笙眨眨眼，看著手上的黑木盒子，試圖將盒子收進空間，但是這個操作卻是失敗了。

「不能收到空間，所以只能帶著它行動。」晏笙對阿奇納說道。

盒子的大小跟戒指盒差不多，巴掌大，可以塞進外套口袋，不至於阻礙行動，但也很容易被搶走。

「我會保護你的。」阿奇納認真地說道。

「……」晏笙眨了眨眼，心底有些異樣。

從重逢到現在，這句「我會保護你」的話，阿奇納至少重複了十次以上，他發現阿奇納似乎有心結，一個想要保護他的心結。

他以為阿奇納已經走出骸骨巨龍帶來的陰影了，沒想到他還放在心上。以往聯繫時，阿奇納總是盯著他的白髮，眼底流露出自責。

晏笙一再告訴他，他的身體已經痊癒了，那場意外也不是他的問題，當時就連教頭他們也無能為力，更何況還是崽子的他們？

阿奇納卻認為，晏笙是替他受罪，畢竟當初尤里基里挑中的人是他，是晏笙主動代替了他。

兩人為此爭執了幾次，後來漸漸地，阿奇納不再提到這件事，晏笙以為他已經放下了，卻沒想到他只是將這件事情埋在心底，藏成了心結。

「阿奇納，我的頭髮是黑的，白頭髮都沒了。」晏笙直視著他的眼睛，意有所指地說道。

身體恢復健康以後，那些變白的頭髮也慢慢轉黑，他現在又是風華正茂的青年。

阿奇納的眼睛閃躲了一下，對他扯開一個爽朗的笑。

「我知道啊，你現在的頭髮很黑很亮，很好看！」

阿奇納的迴避態度，就像是固執又鑽了牛角尖的小孩，表面上裝成若無其事的模樣，心裡卻是把自己的耳朵堵上，喊著「我不聽我不聽我不聽」！

好吧！反正他這個病因都跟阿奇納相聚了，這點小毛病會隨著時間痊癒的。

「任務要找的寶物是什麼，有什麼特殊標記嗎？」

晏笙貼心地轉移了話題，阿奇納也小小地鬆了口氣。

「跟之前的任務一樣，會發光的東西就是任務物品！」

「那邊那個是不是？」晏笙的眼角餘光捕捉到一個發光體。

光芒其實並不耀眼，跟燭火的亮度差不多，在光線充足的白天很容易被忽略，只是那物體正好被放置在草叢裡頭，上面有樹蔭遮擋，這才讓光芒變得明顯。

「對！我們找到一個了！你真厲害！」阿奇納快速走進草叢，拿起那件寶物。

寶物的模樣像是一艘黃金船，整體是像黃金一樣的金黃色材質，上面用細小的彩色寶石裝飾，看起來金碧輝煌，像是皇室貴族會收藏的裝飾品。

船隻約莫有手臂長，體積比寶物盒還要大上許多，但是當它靠近打開的寶物盒時，船隻自動縮成拇指大小，被順利地放入盒子裡面。

「繼續找吧！」

阿奇納將寶物盒遞給晏笙，又接著轉頭繼續找尋。

他們現在的位置是一處森林，這裡的灌木叢和雜草叢有半人高，樹木並不算太茂密，也不是什麼巨大古樹，樹身大概一人環臂就可以圈住。

他們在樹上的鳥窩找到一個城堡模樣的寶物；在阿奇納被坑洞絆倒時，在地鼠窩的旁邊又找到一個寶瓶形狀的寶物；之後又在小溪流的石頭縫中找到一個魚形寶物；還有一個水晶球狀的寶物，是阿奇納狩獵一隻野豬當午餐時，他們從野豬的肚子裡找到的……

「這裡的寶物都這麼好找嗎？」

晏笙有些訝異，他還以為他們會氣喘吁吁地搜尋好幾天，好不容易才找到一、兩個，又或者需要搶劫其他冒險者才能順利通關成功。

沒想到才半天時間，他們就拿到好幾個了！

「那是因為有你在！」阿奇納笑道：「我以前玩這種任務的時候，完全找不到寶物，都要去搶其他人的，我還是第一次在第一天就收集到這麼多寶物！」

「既然寶物數量夠了，那我們今天就早點休息吧！」晏笙提議道。

他們要在這裡待上十天，這時間雖然不長，但是要是一直都保持緊繃狀態，即使體力負荷得了，精神也會相當疲倦。

在晏笙看來，既然他們已經找到寶物，接下來的時間可以當成野外郊遊，輕鬆一點地玩耍。

阿奇納並不反對晏笙的意見，他們拿到的寶物數量已經達到阿奇納預設的目標了，既然晏笙想要輕鬆玩，那就輕鬆玩吧！

接下來的幾天，他們隨意地到處走動，偶爾會遇見其他冒險者搶劫，夜裡也遭遇過NPC的偷襲。

這裡的NPC是一種長得像人猿的智慧種族，他們以農耕和狩獵維生，有著古老的祭祀禮，崇尚自然神靈和先祖之靈。

當他們無意中闖入這個種族的祭壇時，出現一個「保護祭壇」的支線任務。

阿奇納他們接下了，而後便是一波又一波的怪物出現，他們必須除掉怪物群。

ＮＰＣ雖然也在祭壇周圍做出保護姿態，但是戰鬥主力是阿奇納和晏笙，ＮＰＣ只是烘托背景的擺設。

幸好晏笙現在能夠掌控部分領域的力量，他將一批批的怪物困入領域之中，再慢慢地解決掉。

完成支線任務後，系統告訴他們，他們保護祭壇成功，一人可以獲得一千積分。

而ＮＰＣ也在他們保護祭壇之後，對他們的態度從敵視轉為中立，不再偷襲或攻擊他們，但是也不允許他們在ＮＰＣ的部落中逗留。

少了ＮＰＣ的騷擾，阿奇納和晏笙他們索性在ＮＰＣ的部落外圍住下，這樣一來，要是有其他冒險者出現，不需要阿奇納動手，ＮＰＣ就會率先攻擊闖入他們領地的人，讓阿奇納他們省了不少事。

一晃眼，十天過去，任務完成了。

【恭喜晏笙通關，本場次共獲得一萬三千八百七十五積分！】

【恭喜阿奇納通關，本場次共獲得一萬八千八百九十五積分！】

兩人獲得的任務積分不少，除了主線任務外，還有支線積分，殺敵獲得的積分，以及寶物兌換的積分。

阿奇納是戰鬥主力，獲得的積分數自然比晏笙還多。

「中級任務很好賺積分，下次我們再來刷！」阿奇納興致高昂地說道。

「好啊！」

兩人離開任務世界，坐上了懸浮車，準備回到阿奇納他們的住所。

「我打算在這裡待到成年，然後去戰場待個幾年，累積經驗和賺星幣，等到我能買星艦了，我要組一個冒險團……」

車上，阿奇納突然說出他對未來的規劃。

「我要帶著冒險團走遍星際宇宙，平常靠著打星際海盜賺錢，也可以到處尋寶，挖寶藏賺錢，還可以去找古遺跡的寶物……」

轉過頭，阿奇納雙眼發亮，神情期待又忐忑地看著晏笙。

「你願意跟我一起組團冒險嗎？」

晏笙有些訝異地挑眉，調侃地笑問：「你的目標是星辰大海嗎？」

「對！目標是星辰大海！」阿奇納真摯地點頭。

像是生怕晏笙拒絕，阿奇納急促地說著他的規劃。

「我都想好了，我當團長，你當副團長！我負責打架，你負責做生意！我管人，你管錢，團裡的錢都歸你管！」

頓了頓，阿奇納再度詢問：「你願意跟我組團嗎？」

在阿奇納的緊張注視中，晏笙慢條斯理地說道：「我還以為，以我們之間的交情，我應該直接被列入冒險團的名單，沒想到你竟然沒將我算進去？真是令人傷心吶……」

聞言，阿奇納燦爛地笑開了。

「我擔心你會有其他計畫，不能跟我一起冒險啊！而且我有留副團長的位置給你！」

「如果我不能去，你會讓誰當副團長？」晏笙好奇地問。

「沒有別人，只有你！我會一直等你的！」阿奇納認真地回道。

晏笙勾起嘴角，對這個答案很滿意。

「以後請多多關照啦！我的團長！」

「彼此彼此，我的副團長！」

兩人相視一笑，一顆關於冒險的種子就此發芽。

（全書完）

後記

《天選者》完結啦！（撒花）

寫到最後的時候，其實很捨不得停筆。

《天選者》這篇小說是我近期最喜歡的創作，兩位主角都好可愛！我好喜歡他們！

（我知道這句話我說過很多遍，但是我還是要再說「億」遍！）

每次寫到晏笙跟阿奇納的時候，我腦中就會自動冒出兩個可愛的崽子親暱玩耍的模樣，心口就像有小貓爪子在撓癢癢……

啊啊啊～～為什麼你們這麼可愛啊啊啊！

故事的結尾依舊是開放式結局，但是我也將他們後續的成長路線點出來了。

兩人先在學域學習，而後進入戰場增加戰力，累積往後的冒險資本，再然後就是歡快地組團跑去星辰大海玩啦！

因為兩位主角都還是崽子，所以我沒有讓他們遭遇什麼重大危機，崽子嘛！當然要讓他們快快樂樂地玩耍，讓他們擁有一個愉快的童年啊！

最後，希望你們跟我一樣，也喜歡這兩位主角和這個故事。
要是有什麼感想或是心得，歡迎留言給我喔！

國家圖書館出版品預行編目資料

天選者⑤：組團打怪，怎麼總是配到你？！/
貓邏 著.-- 初版.-- 臺北市：平裝本. 2020.11 面；
公分（平裝本叢書；第514種）（#小說9）

ISBN 978-986-99445-9-5（平裝）

863.57　　　　　　109014525

平裝本叢書第514種
#小說09

天選者

⑤組團打怪，怎麼總是配到你？！

作　　者—貓邏
發 行 人—平雲
出版發行—平裝本出版有限公司
台北市敦化北路120巷50號
電話◎02-27168888
郵撥帳號◎18999606號
皇冠出版社（香港）有限公司
香港上環文咸東街50號寶恒商業中心
23樓2301-3室
電話◎2529-1778　傳真◎2527-0904
總 編 輯—龔橞甄
責任編輯—張懿祥
美術設計—黃鳳君
著作完成日期—2020年7月
初版一刷日期—2020年11月

讀者服務傳真專線◎02-27150507
電腦編號◎571009
ISBN◎978-986-99445-9-5
Printed in Taiwan
本書特價◎新台幣249元／港幣83元